귀문 고등학교, 수상한 축제

귀문 고등학교, 수상한 축제

정명섭, 정해연, 조영주, 전건우, 김동식 지음

차례

100살이 넘어서 엉덩이가 무거운 귀문 고등학교 교문이 1년
만에 활짝 열렸다. 지역 행사라고 해도 손색이 없을, 그 유명한
귀문 고등학교 축제 날이다.

아침부터 시작된 축제의 열기가 오후 들어 절정에 이르렀을
때, 창가에 붙은 한 학생의 외침이 찬물을 끼얹었다.

"경찰차다!"

귀문 고등학교 교문을 통과한 경찰차의 날카로운 사이렌이
전교로 퍼져나갔다.

걸그룹 공연을 앞둔 무대 뒤. 방금 막 날아차기를 끝내고 숨
을 고르던 미라와 상태가 움찔 놀라며 사이렌 소리를 돌아본다.

패션쇼 메인 드레스가 갈기갈기 찢어지는 테러로 혼란한 3반

교실. 선생이 흠칫 놀라며 사이렌 소리를 돌아본다.

축제의 뜨거운 열기가 닿지 않은 듯한 한적한 벤치. 홀로 앉아 있던 민정이 헤드폰으로 귀를 막아 사이렌 소리를 덮는다.

도망자와 추격자의 난동으로 아수라장인 본관 1층 현관. 마정민과 달마의 눈이 커지며 사이렌 소리를 돌아본다.

보물찾기 상품 아이패드를 도난당한 교실. 깜짝 놀란 새록이 사이렌 소리를 돌아본다.

창가에 선 학생은 긴 한숨을 내쉬었다.

"올해도 또야? 도대체 또 누가 경찰에 신고당할 짓을 한 거야, 이 좋은 날에?"

축하 공연을 사수하라!

정명섭

내 이름은 안상태. 이름도 으스스한 귀문 고등학교에 다니고 있다. 성적은 바닥을 기고 있고, 가난한 데다 체구도 작다. 친구들 사이에서 불리는 별칭은 상태 안 좋은 애, 애늙은이, 돈독 오른 놈, 뺀질이, 빼빼로.

부모님은 어릴 때 이혼하면서 둘 다 나가버리는 바람에 얼굴 못 본 지 오래됐고, 키워주시던 할머니는 알코올 중독으로 병원에 입원 중이다. 중학생 때부터 여동생이랑 둘이 살았다. 법적으로 부모님이 모두 계셔서 정부 보조금이나 지원을 받을 길이 없다. 그래서 내 첫 번째 목표는 생존이 되었다. 살아남기 위해서는 돈이 필요했고, 필사적으로 어떤 일이든 해야만 했다.

이런저런 알바를 전전하던 어느 날 자칭 탐정, 실제로는 작가

지망생인 준혁 아저씨를 만나서 탐정 보조 일을 하게 됐다. 지난번에는 담임 이미애 선생님의 의뢰를 받아 가출 팸 사건 하나를 해결하기도 했다. 하지만 아무도 알아주지 않았고, 여전히 내 별명은 상태 안 좋은 애다. 오히려 그 사건 이후 나는 더 존재감이 희미해졌다. 몇몇 사건을 해결하는 동안 세상은 그저 해맑게 살아갈 수 있는 곳이 아니라는 걸 더욱 깊이 실감하면서 나는 한층 더 조용해졌고, 그런 나를 반 아이들은 투명인간 취급했다. 괜찮다. 왕따나 은따보단 훨씬 나아서 그럭저럭 지내고 있다.

요즘은 학교에 큰 이벤트가 있어서 다들 거기에 집중하느라 더욱 조용히 지낼 수 있었다. 바로 학교 축제가 열리는 것이다.

요즘 다른 학교는 매년 열던 축제를 생략하거나 형식만 갖춰서 대충 하거나, 심지어 온라인 축제로 대체하는 곳도 있는데 우리는 다르다. 교장 선생님을 비롯해 학교 전통에 대한 자부심이 대단한 선생님들이 두 팔 걷어붙이고 학생들을 닦달했다.

덕분에 학생들은 저마다 이벤트를 준비하느라 분주해졌다. 내가 속한 동아리에서도 교정을 누비는 행진 퍼레이드를 준비했다. 이런 성가신 일이 생길까 봐 일부러 몇 년간 축제 때 아무 행사도 하지 않던 '식물관찰부'에 가입한 건데, 웬걸, 올해는 귀문 고등학교의 옛날 교복을 입고 씨앗을 나눠주는 우스꽝스러운 이벤트를 한다는 거다. 각 반에서 주최하는 이벤트는 자원하지 않으면 자연스레 불참할 수 있는데 동아리는 달랐다.

축제 따위 뒤로하고 그날 학교를 빠질까도 생각했다. 어차피 투명인간 취급받는 거, 나 하나 없다고 해서 퍼레이드를 망칠 것도 아니었기 때문이다. 어떻게든 촌스러운 옛날 교복을 입는 일만큼은 피하고 싶었다.

하지만, 축제 일정이 적힌 포스터를 본 순간, 단 하루뿐인 이 축제에 절대 빠져선 안 될 이유가 생겼다.

'레드 신드롬 공연!'

그걸 본 순간 두 눈을 의심했다. 정말 '레드 신드롬'이 오는 것 맞아? 잘 보면 '레도 신드롬'이라든지, '레드 산드롬' 같은 짝퉁 아이돌이 오는 거 아냐?

하지만 여러 번 눈을 비비고 봐도 레드 신드롬이 맞았다. 옆에 박아둔 사진도 레드 신드롬 멤버들이 맞고.

"여신들을 직접 볼 수 있다니."

올 초에 혜성같이 데뷔해서 최근 절정의 인기를 끌고 있는 레드 신드롬이 축하 공연을 온다는 사실. 놀랄 수밖에 없었다.

레드 신드롬을 처음 만난 건 어느 늦은 밤, 무한리필 고깃집에서 아르바이트를 할 때였다. 실수로 손님 바지에 맥주를 엎은 그날, 나는 태어나서 처음으로 뺨을 맞았다. 잔뜩 취한 손님에게 불시에 따귀를 맞았던 그때 난 그다지 놀라지 않았다.

"왜, 때리세요?"

아주 덤덤하게 물었을 뿐이다.

잘못했다고 빌기는커녕 말대답이나 한다고 길길이 날뛰는 손님을 사장 아저씨가 간신히 말렸고, 같이 일하던 대학생 형이 나를 가게 뒷문으로 데리고 나갔다.

그 형이 이런저런 위로의 말을 건네던 중, 별 뜻 없다는 듯 던진 한마디가 가슴에 와 꽂혔다.

"그런데 상태 너는 어른들이 별로 안 어려운 모양이더라. 사장님한테도 굽실거리지 않고, 손님들한테도 딱 정해진 서비스만 하는 게……. 난 우리 꼰대한테 하도 눌려 살아선지 어른이 뭐라고 하면 무조건 고개부터 숙이게 되던데. 넌 집에 꼰대가 없어서 그러나? 어떤 면에선 부럽다."

부럽다.

내게 꽂힌 건 바로 그 말이었다. 뺨을 맞고도 멀쩡하던 얼굴이 순간 얼얼하게 달아올랐다. 부모님과 같이 살며 간섭 받는 입장에선, 부모님 대신 생계를 책임지느라 밤까지 일해야 하는 내 신세가 부러울 수도 있구나.

그때였다. 누군가 갑자기 TV 볼륨을 높인 건지, 가게 안에서 노랫소리가 크게 들려왔다.

14

"신경 쓰지 마. 내가 나이듯 너는 너."

가사에 이끌려 들어가 보니, 발랄한 복장을 한 다섯 아이들이 화려한 조명 아래 반짝이고 있었다.

그때부터 눈여겨보게 된 레드 신드롬은 내 건조한 삶에 은밀하게 깃든 유일한 희망이자 빛이 되었다. 초등학생 때 문구점에서 장난감 로봇 하나 사본 적 없던 내가 레드 신드롬 중 최애 멤버인 나린이 포토카드를 구하기 위해 난생처음 중고천국에서 모르는 사람과 직거래까지 했다.

그런 레드 신드롬이 우리 학교에 오다니.

알고 보니 레드 신드롬의 소속사 대표가 귀문 고등학교 65회 졸업생이었다. 그리고 내년 총동창회 회장 선거에 나온다는 소문이 돌았다. 선거에서 표를 얻을 수 있도록 자기 소속사의 최고 인기 가수를 모교 축제에 보낸 것이다.

"그런 속사정 따위는 내 알 바 아니지."

그냥 공연을 즐기면 그만이었다. 단독 콘서트 티켓은 비싸기도 했지만 업자들이 싹쓸이해서 웃돈을 얹어서 팔기까지 했다. 내 형편에 공연을 찾아가는 건 꿈도 못 꿀 일이었다. 그런 레드 신드롬을 강당에서 편안하게 앉아서 볼 수 있다니 생각만 해도 웃음이 저절로 나왔다. 미라가 찾아오기 전까지는 말이다.

올 초에 전학 온 미라는 귀문 고등학교에서 가장 베일에 가려진 아이다. 또래보다 살짝 큰 키에 앞머리로 이마를 가리고, 테 없는 안경을 썼다. 별다른 장신구도 하고 다니지 않아서 범생이처럼 보였지만 오히려 평범한 구석을 찾기가 어려웠다. 집은 부유한 것 같은데 티는 내지 않았고, 공부도 잘하지만 1등을 해본 적은 없다. 소문에는 일부러 문제 몇 개를 틀려서 등수를 조절한다고 했다. 특별활동이나 동아리 활동에도 열심히 참여하지만 회장이 되거나 앞장서서 뭘 한 적도 없었다.

미라는 어떻게 보면 나랑 비슷하게 있는 듯 없는 듯 지내고 있지만 처지나 상황은 하늘과 땅 차이였다. 누군가는 미라가 검정색 포르쉐를 타고 학교 근처 삼거리에서 내리는 걸 본 적이 있다고 했다. 거기다 가끔 찾아오는 부모님은 한눈에 봐도 비싸 보이는 옷을 걸치고 있었다.

나는 있으나 마나 한 존재라서 투명인간 취급을 받는다면, 미라는 자발적으로 자신을 투명하게 만들고 다니는 느낌이었다. 자신의 투명 값을 높이기 위한 일환인지, 미라는 동아리마저도 나와 같은 식물관찰부를 택했다. 그런 미라가 80년대 교복을 입고 등나무 벤치에 앉아서 쉬고 있는 나를 찾아온 것이다. 그리고 엄청나게 충격적인 정보를 들려줬다.

"뭐? 그게 사실이야?"

나의 물음에 미라가 고개를 끄덕거렸다.

"내 귀로 똑똑히 들었어. 레드 신드롬의 공연을 방해하자고 숙덕거리는 거 말이야."

"어떤 미친 것들이 레드 신드롬 공연을 망치려고 하는 거야?"

흥분한 내가 벌떡 일어나면서 소리치자 미라가 팔짱을 낀 채 대답했다.

"몰라. 후문 팔각정에 모여서 얘기하는 걸 들었거든. 거기 어떻게 생겼는지 알잖아."

"그렇지."

후문 쪽에 있는 팔각정이 언제 만들어졌는지는 아무도 모른다. 너무 오래되었기 때문이다. 특이하게도 난간이 높아서 들어가면 밖에서 보이지 않았다. 대신 근처에 오가는 사람이 없어서 누굴 괴롭히거나 남이 듣기 애매한 얘기들을 나누는 장소로는 제격이었다. 마침 CCTV도 없어서 더더욱 각광을 받았다.

학생 자치회의 때 항상 후문 쪽에 CCTV를 설치하거나 팔각정을 철거해달라는 건의가 올라왔지만 어찌 된 이유에서인지 번번이 묵살당했다. 내가 들은 그럴듯한 소문은 그런 곳을 만들어놔야 불량학생들이 다른 곳에서 말썽을 부리지 않는다는 것이었다.

일단 급한 불부터 꺼야 했기 때문에 서둘러 물었다.

"어디까지 들었는데?"

"다 듣지는 못했어. 레드 신드롬의 공연을 망치자고 누군가 말했고, 또 다른 누군가가 왜냐고 물으니까 처음 얘기한 누군가가 '그냥 재수 없어서.'라고 대답했어."

"레드 신드롬이 재수 없다니⋯⋯."

정말 이해 안 되는 족속들이다.

"그 정도면 그런가 보다 하고 넘어가려고 했는데⋯⋯."

"다른 게 더 있었어?"

나도 모르게 침을 삼키며 묻자 미라가 고개를 끄덕거렸다.

"그다음에 누군가가 해치워버리자고 했어."

"영화 대사야? 해치우다니."

"분명히 들었어."

"누구였는데?"

내 물음에 미라는 고개를 저었다.

"못 봤어. 누가 기척을 느꼈는지 팔각정 밖으로 고개를 내밀더라고. 그래서 얼른 몸을 숨겼지."

"그래도 누군가 팔각정에서 나오는 걸 봤을 거 아니야?"

내가 답답해하며 묻자 미라가 한숨을 쉬었다.

"나 있는 쪽으로 걸어오는 것 같아서 얼른 옆 건물 안으로 들어갔어. 그러고도 들킬까 봐 화장실에 숨었다가 나온 거야. 다들 남자애들이긴 했어."

"그냥 장난 아닐까?"

좋은 쪽으로 생각하자는 내 물음에 미라는 고개를 저었다.

"아닌 거 같았어. 우리 학교 일진 중에도 레드 바이러스들이 좀 있잖아."

"아우, 짜증 나."

레드 바이러스라는 이름이 나오자 나도 모르게 목소리가 높아졌다. 레드 바이러스는 레드 신드롬이 인기를 끌자 생겨난 안티들의 명칭이다. 레드 신드롬 멤버들이 선배들에게 인사도 하지 않는다며, 싸가지 없는 애들이라는 식의 얼토당토않은 헛소문을 퍼트리고, 심지어 가짜 뉴스 영상까지 만들었다.

레드 신드롬 앨범이 빌보드 차트에 오르면 레드 바이러스는 사재기를 해서 순위 조작을 했다는 악의적인 소문을 지어냈다. 멤버들끼리 맨날 싸우고 사이가 나쁘다면서 잠깐 얼굴을 찌푸리거나 서로 다른 곳을 보는 화면을 캡처해서 편집해 유튜브에 올리기도 했다. 심지어 팬클럽에 잠입해서 분탕질을 치기도 했다.

"세상에서 제일 쓸모없는 짓거리지."

빡친 내 표정을 본 미라가 살짝 웃었다.

"긴가민가 싶긴 한데 장소도 수상했고 말투도 그래서 조심하는 게 좋을 거 같아서 말이야."

"그래서?"

"사고라도 나면 어떡해? 공연을 취소하지 않겠어?"

그 얘기를 듣자 묘하게 차분해졌다. 잘못하면 레드 신드롬의 공연을 눈앞에서 직접 볼 수 있는 황금 같은 기회를 놓칠 수도 있었다. 화만 낼 때가 아니었다. 팔각정에서 얘기를 나눈 게 누구든, 일단 막아야만 했다. 그러면서 동시에 의문이 하나 생겼다.

"그런데 그걸 왜 나한테 얘기해?"

"너 레드 신드롬 팬이잖아. 거기다 지난번에 이미애 선생님이 부탁한 가출 팸 사건도 해결했고 말이야."

"그건 어떻게 알았어?"

"뭘?"

"내가 레드 신드롬 팬이란 거, 그리고 가출 팸 사건 해결한 거, 두 가지 다."

"가출 팸 사건은 이미애 선생님이 유학 가시기 전에 알려줬어. 나, 선생님이랑 꽤 친했거든. 그리고 레드 신드롬 팬이란 건…… 저번에 신곡 앨범 듣는 거 봤어. 뭐, 일부러 네 플레이리스트 보려던 건 아니고 우연히."

"아!"

미라의 말을 듣고는 어떻게 미라가 나를 찾아왔는지를 알게 됐다. 하지만 궁금한 건 하나 더 있었다.

"그런데 너는 왜 레드 신드롬 일에 나서는 거야?"

미라는 학교에서 자발적인 투명인간으로 지내는 중이었다. 그런데 자기가 들은 얘기를 나한테 전해줄 정도로 레드 신드롬을 걱정하다니, 의외였다. 궁금해하는 내 눈빛을 본 미라가 놀랄 만한 사실을 털어놨다.

"사실, 레드 신드롬 멤버들이랑 친구야."

"뭐?"

놀란 내가 거의 비명을 지르다시피 하자 미라가 주변을 돌아보며 조용히 하라는 손짓을 했다. 아차 싶어서 입을 다물자 미라가 차분하게 말해줬다.

"작년까지 레드 신드롬이 소속된 아이피아이에서 연습생으로 있었어."

"진짜?"

놀라서 입이 다물어지지 않았다. 그러고 보니 미라가 귀문 고등학교로 전학을 온 게 올해 초였다는 사실이 떠올랐다. 내가 눈을 동그랗게 뜨고 바라보자 미라가 어깨를 으쓱했다.

"핑크 삭스, 그게 레드 신드롬의 원래 그룹명이었어. 거기 데뷔 조까지 들어갔는데 막판에 밀렸어. 나 빼고 다섯 명은 레드 신드롬으로 데뷔했고."

"아."

막판에 멤버에서 제외되었다는 사실에 심리적으로 큰 타격을 받지 않았을까, 하는 생각이 스쳤다. 하지만 미라는 별로 개의치 않는 것 같았다.

"그 후 소속사를 나오긴 했지만 딱히 아쉽진 않았어."

"왜?"

"연습 과정이 너무 힘들었거든. 거기다 길거리 캐스팅 되고 어찌어찌하다가 데뷔 조로 들어가면서 과연 이게 나랑 맞나,라는 생각도 들었고."

"그래서 나온 거야?"

"데뷔 조까지 올라갔다가 내려오니까 온갖 말들이 나오더라고. 소속사도 부담스러워해서 그냥 나온다고 했어. 그러면서 부모님에게 얘기해서 여기로 전학 온 거고."

"그랬구나."

내 대답을 들은 미라가 착 가라앉은 목소리로 말했다.

"지금 따로 연락하지는 않지만 다들 같이 고생하고 친하게 지내던 애들이야. 걔네들이 해코지당하는 걸 보고만 있을 순 없어."

"무슨 말인지 알겠어."

"경찰에 신고하기도 애매해서 선생님한테 얘기해볼까 했는데……."

"안 돼!"

나도 모르게 크게 소리치고 말았다. 요 근래 교내에서 온갖 사건 사고가 벌어진 탓에 뭔가 이상한 낌새만 있으면 하려던 행사를 취소하거나 아예 없던 일로 했다. 아마 이 사실이 알려지면 당장 공연을 취소할지도 모른다.

"그럼 안 되지."

나도 모르게 중얼거리자 미라가 말했다.

"너라면 범인을 찾을 수 있을 거라고 믿었어."

"물론이지. 레드 신드롬 공연을 방해하는 것들은 용서 못 해."

"시간이 없어."

"어떻게든 막아봐야지."

"방법은?"

미라의 물음에 나는 핸드폰을 꺼냈다.

"일단 준혁 아저씨한테 도와달라고 해볼게."

아저씨는 게으른 성격에 식탐 가득, 재미없는 아재 개그를 연발하긴 하지만 번뜩이는 두뇌를 가지고 있었다. 일만 잘 도우면 의외로 돈도 잘 주는 편이라서 필요할 때마다 의지하곤 했다. 중학교 다닐 때 학교 일진들의 모함으로 교실을 폭파했다는 오해를 받고 찜질방을 전전하며 도망 다닐 때도 날 도와줬다. 개봉동을 떠나서 이곳으로 오게 된 이후 예전처럼 자주 만나지는 않지만 사건이 벌어질 때마다 도움을 주고받곤 했다.

전화를 할까 하다가 재미없는 아재 개그를 들을까 봐 톡으로 말을 걸었다.

아저씨.

안녕, 상태야. 요즘 상태는 어때?

어쩜 이런 노잼 멘트를 이렇게 일관성 있게 하는지 의문이었다. 고개를 절레절레 흔들면서 톡을 보냈다.

저 좀 도와주세요.

상태가 안 좋구나. 뭘 도와줄까?

오늘 학교에서 축제하는데 레드 신드롬이 와요.

진짜? 그 학교에 웬일이래?

그건 차차 설명하고요. 근데 학생들 중 몇 명이 공연을 방해하려고 하는 거 같아요.

왜? 개꿀 아닌가? 요즘 걔들이 얼마나 핫한데.

안티 팬들인 거 같아요.

미쳤네. 미쳤어. 우리 때는 말이야……

이러다 얘기가 엉뚱한 곳으로 흘러갈 것 같아서 얼른 끊었다.

그 얘기는 나중에 하시고요. 좀 와주실 수 있어요?

어딜?

어디긴요. 우리 학교죠.

귀문 고등학교? 지금은 바빠.

못 온다고요?

개봉동에서 거기까지 얼마나 걸리는지 알잖아.
그리고 나 지금 공모전 마감 원고 쓰고 있다고.

어차피 떨어질 거 뭣 하러 쓰냐고 얘기하고 싶었지만 꾹 참
았다. 어쨌든 아쉬울 때 항상 필요한 존재이기 때문이다.

혼자서도 잘할 수 있잖아. 잘해봐.

알았어요.

파이팅.

성의 없는 응원 문구가 끝이었다. 한숨을 쉰 나는 핸드폰을
주머니에 넣으며 일어났다. 그리고 기다리고 있던 미라에게 물
었다.

"공연은 1시부터 시작이지?"

"응, 아마 두세 곡 부르고 가겠지."

"그럼 여긴 몇 시쯤 올까?"

"아무리 바빠도 30분 전에는 올 거야. 어쨌든 옷도 입어야 하
고, 무대에서 리허설도 해야 하니까."

"그럼 그전에 해결해야겠네."

"왜? 걔들은 무대에서 노래 부를 때를 노리려는 것 아닐까?"

미라의 물음에 나는 고개를 저었다.

"그게 가장 극적이겠지만 후폭풍이 너무 클 거야."

"후폭풍이라니?"

"무대 위에 섰을 때 일을 치면 직찍 영상으로 일파만파 퍼질 거고, 아무리 일진이라고 해도 전 세계 팬들을 적으로 돌리긴 쉽지 않을 거야."

더 얘기하지는 않았지만, 만약 그런 일이 있으면 나부터가 죽을 때까지 따라다니면서 괴롭힐 생각이다. 내 얘기를 들은 미라가 고개를 끄덕거렸다.

"하긴."

"게다가 학생들이 공연을 방해했다고 뉴스에라도 나오면 학교 측에서도 가만있지는 않을 거야."

교장 선생님을 비롯해 높으신 분들은 학교 이름이 불명예스럽게 오르내리는 것을 굉장히 싫어한다. 얼마 전에도 전국 대회에서 우승을 한 유도부가 학폭 논란에 휩싸이자 미련 없이 해체해버리고 가해자들은 강제 전학 시켜버렸다. 그래서 누구든 레드 신드롬의 공연을 대놓고 방해하지는 않을 것이라는 생각이 들었다.

"그럼, 어떤 방식으로?"

"우연을 가장한 사고를 일으켜서 공연을 막으려고 시도하지 않겠어? 그래야 뒤탈이 안 날 테니까."

"그럴 수도 있겠구나."

미라의 말에 한숨을 쉬며 대답했다.

"사실, 그게 더 문제지."

눈에 보이는 시도라면 그나마 예측이 수월하겠지만 사고를 가장해서 공연을 무산시키려고 한다면 막기가 만만치 않았다. 무엇보다 시간이 너무 없었다. 핸드폰으로 시간을 확인한 다음 벤치에서 몸을 일으켰다. 그걸 본 미라가 물었다.

"어떡하게?"

"일단 시간이 조금 있으니까 알아봐야지."

"뭘?"

"팔각정에서 얘길 나눈 애들이 누군지 말이야."

"걔들을 찾아서 어떡하게?"

미라의 걱정스러운 물음에 레드 신드롬이 공연할 강당 쪽을 쳐다보면서 대답했다.

"좋은 말로 할 때 포기하라고 해야지."

"순순히 포기할까?"

"어떻게든 약점을 잡아야지. 사람마다 무서워하는 게 다르니까, 범인이 누구냐에 따라 포기시키는 방법도 다를 거야."

"나중에 보복당하면 어쩌려고 그래."

"괜찮아."

미라의 물음에 나는 고개를 끄덕거렸다. 보복 따위는 두렵지 않았다. 레드 신드롬의 공연을 무사히 볼 수 있다면 그 정도는 충분히 견딜 수 있었다. 나의 단호한 모습에 미라는 애매한 웃음을 지었다. 그런 미라에게 물었다.

"모두 몇 명이었어?"

"누구? 팔각정에 있던 애들?"

"응."

"팔각정 주변에 있는 나무들 때문에 잘 안 보였는데 목소리를 들은 건 세 명이었어."

"그중에 익숙한 목소리 있었어?"

잠깐 생각하던 미라가 고개를 저었다.

"멀리 떨어져 있어서 구분이 잘 안 갔어. 그리고 목소리를 구분할 정도로 가깝게 지낸 애도 없고."

그건 사실이라서 더 이상 캐묻지 못했다. 이제 행동에 나설 때였다.

맨 처음 만나러 간 놈은 귀문 고등학교의 일진 중 한 명인 이태수였다.

중학교 때까지 복싱과 유도를 했고, 덩치도 남들보다 커서 싸움으로는 귀문 고등학교 누구에게도 꿀리지 않는 편이었다. 하지만 집안도 평범하고 머리를 잘 쓸 줄 몰라서 힘에 비해서는 순위가 밀렸다. 요즘 일진들은 무작정 삥을 뜯거나 괴롭히는 게 아니라 적당히 돈도 써야만 했다. 게다가 이태수는 유도부 학폭 사건에 연루되는 바람에 패거리들과 조용히 지내는 중이었다. 그런 이태수를 만나러 간다고 했을 때 미라는 고개를 갸웃거렸다.

"태수? 요즘 조용히 지내잖아."

"맞아. 그런데 레드 신드롬 라이벌인 블루 웨이브의 광팬이거든."

블루 웨이브는 레드 신드롬이 폭발적인 인기를 끌자 라이벌 기획사에서 허겁지겁 만든 그룹이다. 레드와 대비되는 블루라는 이름으로 대립각을 세웠다. 그쪽 팬들의 비공식 구호도 "웨이브로 신드롬을 잠재우자!"일 정도로 못 잡아먹어서 안달이었다. 실력도 안 되고 인성도 엉망인 주제에 말이다. 미라를 바라보며 덧붙였다.

"지금 시점에서 사고를 칠까 싶긴 하지만 일단 만나보게."

태수는 예상대로 본관 뒤편 운동실에서 역기를 들고 있었다. 호위대를 자처하는 녀석들 몇 명이 역기를 들 때마다 개수를 세

어주고 있었다. 내가 들어서자 이태수는 역기를 걸쳐놓고 일어났다. 헐렁한 트레이닝 바지에 러닝셔츠 차림이었는데 이미 땀으로 푹 젖은 상태였다.

다들 자의 반 타의 반 축제에 동원된 상황이었지만 이태수 패거리를 강제로 동원할 배짱 좋은 선생님은 없었다.

"어이, 어쩐 일이야? 테러리스트."

이태수는 같은 중학교 출신으로, 내가 폭탄 테러를 했다고 오해받는 현장을 생생히 지켜본 녀석이다. 그래서 날 볼 때마다 아직도 이렇게 비아냥거린다.

"물어볼 게 좀 있어서."

돌려서 물어볼 시간이 없어서 바로 말했다.

"30분 전에 어디 있었어?"

"뭐야? 짭새처럼 왜 그런 걸 물어보고 그래?"

이태수가 기분 나쁘다는 표정을 짓자 호위대가 다가왔다. 한 발짝 물러선 나는 비장의 카드를 꺼냈다.

"학교에서 도난 사건이 벌어졌대. 아주 중요한 물건이 사라진 모양이야. 담임 선생님이 나한테 도움을 청하셨어."

"뭐가 없어졌는데?"

예상대로 호기심을 보인 이태수가 물었다. 말투가 누그러진 상태라 호위대도 다가오는 걸 멈췄다.

"몰라. 내가 아는 건 절도범은 경찰서로 가야 한다는 거야. 우린 어차피 촉법소년도 지났잖아."

내 얘기를 듣고 벽에 걸린 시계를 보던 이태수가 대답했다.

"그렇긴 하지. 30분 전이면 여기서 애들이랑 운동하고 있었는데?"

"목격자는?"

"애들이지."

이태수가 실실 웃으며 호위대를 바라봤다. 다들 고개를 끄덕거리는 걸 유심히 봤다. 거짓말을 할 정도로 머리가 좋은 녀석들은 아니었다. 생각을 정리하고는 입을 열었다.

"알았어."

내 얘기를 들은 이태수는 피식 웃었다.

"진짜 탐정 같네. 학교에서는 지낼 만해?"

"투명인간으로 지내는 중이잖아."

"그래, 투명인간. 좋지."

진짜 좋다는 건지 비웃는 건지 모르겠지만 그 말을 하고 이태수는 도로 역기를 들었다. 운동실을 나오자 밖에서 기다리고 있던 미라가 나를 물끄러미 바라봤다. 나는 대답 대신 고개를 살짝 저었다. 뒷문을 통해 현관 쪽으로 나가자 뒤따라오던 미라가 물었다.

"아니야?"

"운동하고 있었대."

"확인해봐야 하는 거 아냐?"

"확인했어."

"어떻게?"

미라의 물음에 나는 운동장 쪽을 바라보며 대답했다.

"시계를 봤거든."

"그거야 당연한 거 아니야?"

"뭔가 켕기는 일을 하고 알라바이를 만든 상태라면 시계를 보지 않고 미리 준비한 대답을 했을 거야."

"아!"

미라가 살짝 입을 벌린 채 놀랐다. 하지만 어릴 때부터 남의 눈치를 봐야 하는 일에 익숙했던 나에게 이 정도는 쉬웠다. 미라가 물었다.

"다음은 누구야?"

그다음 용의자는 데이비드 박이었다. 이름부터 귀문 고등학교와 잘 안 어울리는 녀석이다. 실제로도 학교와 사이가 좋은 편은 아니었다. 학교에서 비공식적으로 시행하는 두발 단속을 대놓고 무시하듯 장발에 염색까지 했다. 손가락에는 해골 모양의 메탈 반지를 끼고 다녔다. 어릴 때 뉴질랜드인가 호주로 이민을 갔다가 작년에 귀국하면서 귀문 고등학교로 왔다고 한다.

오랜 전통을 자랑하는 귀문 고등학교가 추구하는 바람직한 학생상과는 무척 거리가 먼 성격이다. 당연히 학교에서는 몹시 싫어했지만 구독자 수가 제법 되는 유튜버라서 그런지 쉽게 건드리지 못했다.

그는 '귀문 고등학교'로 상징되는 기득권에 저항하는 반항아라는 이미지로 인기를 끌고 있었다. 싸움을 잘하는 편은 아니었지만 인기 유튜버 이미지와 쫓아다니는 아이들 때문에 일진들 또한 그에게 시비를 걸지 못했다.

내가 데이비드 박을 만나보겠다고 하자 미라가 고개를 갸웃거렸다.

"걔를 왜 용의자로 생각한 거야?"

"데이비드 박 꿈이 헤비메탈 밴드 만드는 거였잖아."

"그거야 유명하지. 드디어 소원 성취했잖아."

데이비드 박은 다른 아이들 몇 명과 함께 '디스트로이어'라는 이름의 밴드를 결성했다. 디스트로이어는 학교 안에서 금세 팬덤이 생겼고 급기야 이번 축제의 축하 공연 무대에도 서기로 했다. 데이비드 박이 교실에 와서 했던 말이 떠올랐다.

"헤비메탈 말고 다른 음악은 다 쓰레기라고 한 적이 있어."

내 설명을 들은 미라가 대답했다.

"그 정도 가지고 레드 신드롬의 공연을 망칠 계획을 꾸몄을 것 같지는 않은데?"

"걔는 음악 얘기만 나오면 좀 이상해져. 예전에도 드럼 치는 애가 실력이 시원찮으니까 후문 밖으로 끌고 나가더니 두들겨 패고는 드럼 스틱을 부러뜨리면서 난리를 부렸거든."

그 일뿐 아니다. 내가 직접 본 게 아니어서 미라한테 전하기는 좀 그렇지만, 며칠 전 그에 대해 심상찮은 이야기를 들은 게 있다.

데이비드 박은 얼마 전 자기 채널에 요즘 한창 인기 있는 아이돌들의 사진을 모아놓고 화형식을 거행하는 영상을 올렸었다. '얼굴만 믿고 나대는 아이돌들의 최후'라는 제목으로 올렸던 그 영상은 게시한 지 30분도 안 돼 스스로 삭제했다고 한다. 그 이유는 짐작할 만하다. 해당 아이돌 팬들의 악플과 신고가 짧은 시간 안에 쏟아졌을 거고 데이비드 박을 추종하는 구독자들 또한 그런 극단적인 행동에는 박수를 쳐주지 않았을 것이다.

그 소문이 진짜든 아니든, 그런 말이 그럴싸하게 나도는 걸 보면 이것 하나만은 확실하다.

"어쨌든 데이비드 박은 아이돌을 혐오해. 과격한 행동을 불사할 정도로."

"완전 미친놈이네."

미라의 대답에 웃으며 대답했다.

"진짜 사고를 치려는 건지는 이제부터 알아봐야지."

데이비드 박 패거리가 있는 곳은 별관 옆 옛날 창고였다. 지금은 쉼터로 바뀌었는데 거기서 데이비드 박이 만든 밴드가 연습 중이었다. 쉼터 주변에는 구경하는 학생들로 가득했다. 축제가 시작되기 전까지 이어졌던 선생님들의 잔소리와 간섭이 사라지자 아이들은 어색하게 찾아온 자유를 만끽하면서 돌아다니는 중이었다.

쉼터 주변에 있는 아이들을 뚫고 안으로 들어가니 시끄러운 음악이 들려왔다. 레드 신드롬의 감미로운 음악과는 백만 광년쯤 거리가 먼 메탈 음악이었다. 쉼터 중앙에 드럼이 있었고, 그 옆에는 베이스 기타와 일렉 기타를 연주하는 멤버들도 보였다.

쿵쿵거리는 드럼 박자에 맞춰 몸을 흔들던 데이비드 박이 갑자기 괴성을 지르며 한쪽 주먹을 머리 위로 치켜올렸다.

"으아아아악!"

그러자 주변에 있던 아이들이 미친 듯이 머리를 흔들어댔다. 평소 억눌렸던 스트레스를 이렇게 푸는 것 같았다. 연습 때도 이 정도라면 실제 공연 때는 더할 것이라는 생각이 들었다.

알아들을 수 없는 가사로 노래를 마무리한 데이비드 박에게 박수와 환호성이 쏟아졌다. 미소를 지은 데이비드 박이 같이 연주하는 밴드 멤버들과 모여서 얘기를 나눴다. 팬들의 호응에 신이 났는지 평소와는 달리 이빨을 드러내며 웃고 있었다. 그 모습에서 살짝 광기가 느껴졌다. 저 녀석이 아이돌 음악을 싫어한다면 이번 레드 신드롬 공연에서 충분히 큰 사고를 치고도 남을 것 같았다. 이런저런 생각을 하며 데이비드 박을 지켜보는데 누가 어깨를 쳤다.

"여기서 뭐 해?"

고개를 돌리자 나와 똑같은 옛날 교복을 입은 준우가 보였다. 나처럼 작은 체구에 축 처진 눈매, 거기에 말까지 살짝 어눌해서 따돌림의 대상이 되는 녀석이었다. 그나마 공부를 잘하는 편이라 괴롭힘까지 당하지는 않았다. 준우가 옛 교복을 입은 내 모습을 위아래로 살펴봤다.

"넌 잘 어울리네."

"너도 괜찮은 거 같은데?"

"허리가 조여서 죽겠어. 이거 입고 운동장 한 바퀴 돌다가는 바지 터질지도 몰라."

농담인지 진담인지 알 수 없는 하소연을 하던 준우는 데이비드 박이 다시 마이크 앞에 서자 그쪽을 바라봤다.

"아까부터 듣고 있었냐?"

"웅, 저 녀석 생각보다 분위기 있더라. 외국 밴드 같지 않냐?"

"그러게."

푹 빠져버린 것 같은 준우의 말에 대충 맞장구를 쳤다. 그러다가 준우를 통해 뭔가 단서를 얻을 수 있다는 생각이 들었다.

"쟤들 언제부터 연습하고 있었어?"

"어, 아마 한 시간은 되었을걸?"

"멤버 전부 다?"

내가 노래를 시작한 데이비드 박을 보면서 묻자 준우가 고개를 끄덕거렸다.

"그럼. 멤버가 다 있어야 노래가 되지. 안 그래?"

"저러다 정작 공연할 때는 지쳐서 쓰러지는 거 아냐?"

"어차피 몇 곡 하지도 못해."

"왜?"

준우가 데이비드 박을 바라보면서 대답했다.

"레드 신드롬 공연 끝나고 바로 다음 순서인데 세 곡만 하라고 했대. 그래서 열받아서 여기서 다 쏟아붓는다고 했어."

"레드 신드롬 다음 무대에 서는 게 확실해?"

"맞아. 아까 열받은 표정으로 얘기하더라."

"그랬구나."

준우와 얘기를 마치고 다시 데이비드 박을 바라봤다. 땀을 뻘 뻘 홀리며 노래를 열심히 부르는 중이었다. 아까와 같은 모습이었지만 뭔가 사고를 칠 것 같은 느낌은 사라졌다. 계속 노래를 듣는 준우와 눈인사를 하고 자리를 떴다. 그리고 별관 모서리에서 서성거리는 미라와 만났다.

"어때?"

"쟨 아냐."

"직접 물어본 거야, 이번에도?"

"아니, 공연을 보던 친구가 한 시간 전부터 연습 중이라고 했어. 알리바이가 확인된 셈이지. 거기다 사고를 치지 않을 결정적인 이유가 있어."

"무슨 이유?"

"레드 신드롬 다음 공연이래. 그러니까 레드 신드롬 공연이 망쳐지면 자기네들도 공연하기 어렵다는 얘기지."

내 얘기를 들은 미라가 알겠다는 표정을 지었다.

"그럼 데이비드도 아니면 남은 건 누구지?"

"김광솔. 그리고 또 다른 한 명."

지금부터가 진짜다. 비장한 표정을 짓는 나에게 미라가 말했다.

"이제 애들 올 때 됐어."

이태수와 데이비드 박이 일진과 평범한 학생 중간에 속해 있다면 김광솔은 진짜 일진이었다. 잔혹하고 그만큼 머리가 좋았다. 한 명을 점찍어서 지속적으로 괴롭혔지만 탈이 나겠다 싶으면 타깃을 바꾸는 융통성을 발휘했고, 간혹 말을 안 듣거나 기어오르는 부하들을 본보기 삼아 자기 힘을 과시하기도 했다. 창백한 피부에 연한 갈색으로 염색한 곱슬머리 덕분에 얼핏 평범하고 약해 보이지만 주짓수로 익힌 싸움 실력은 누구도 함부로 덤비지 못할 정도였다.

김광솔 역시 패거리들과 함께 다녔다. 운동장과 주차장 경계에 있는 벤치에 앉아서 무리 지어 담배를 피우며 얘기를 나누는 중이었다. 내가 다가가자 그들 중 몇 명이 오지 말라는 눈치를 줬다. 하지만 나는 무시하고 다가갔다. 그러자 곰이라는 별명을 가진 옆 반 아이가 가슴을 밀쳤다.

"이게 미쳤나?"

"미치지 않았으니까 비켜. 광솔이랑 할 얘기가 있으니까."

"진짜 돌았어?"

주먹을 불끈 쥔 곰이 당장이라도 때릴 것처럼 눈을 부라렸다. 하지만 난 알고 있었다. 김광솔이 허락하기 전에는 한 대도 때릴 수 없다는 것을 말이다. 담배를 입에 물고 있던 김광솔이 이쪽을 바라봤다.

"네까짓 게 나한테 무슨 볼일이 있다는 거야. 간이 배 밖으로 나왔냐?"

"확인할 게 있어서 왔어."

"내가 너한테 뭘 확인받아야 하는데?"

코웃음을 친 광솔의 반응에 곰이 가까이 다가와 주먹을 치켜
들었다. 이러다가는 진짜 한 대 맞을 것 같아서 다급하게 말했다.

"큰 사건이 벌어졌어. 경찰이 올 수도 있어."

경찰이라는 말에 광솔의 표정이 바뀌었다. 사고를 쳐서 경찰
이랑 엮이면 학교에서 강제 전학을 시켜버리는 걸 알고 있었기
때문이다. 아무리 이 학교에서 일진 노릇을 한다고 해도 쫓겨나
면 그만이었다. 다른 학교로 강제 전학을 가면 굴러온 돌 신세
라 박힌 돌을 이겨내기가 쉽지 않았다. 그래서 일진들은 강제
전학 당하는 걸 극도로 조심했다. 담배꽁초를 바닥에 버린 김광
솔이 말했다.

"헛소리면 각오해."

그렇게 김광솔 앞에 서게 된 나는 최대한 태연하게 물었다.

"한 시간 전에 어디 있었어?"

"그걸 알아서 뭐하게?"

"학교에 폭탄을 설치했다는 전화가 왔었대."

"폭탄?"

놀란 김광솔이 패거리들을 바라봤다. 패거리들이 웅성거리는

와중에 더 세게 나갔다.

"학교에서 나한테 조사해달라는 부탁을 했어."

"너한테? 왜 너 같은 놈한테?"

"응, 예전에 이미애 선생님 부탁으로 가출 팸 사건을 해결한 적이 있잖아."

그 사건을 해결한 건 사실이었기 때문에 광솔은 별다른 의심 없이 넘어갔다.

"그런데 그걸 왜 나라고 생각한 거야?"

"학교에서 널 가장 의심하고 있어."

"씨발, 아니라고."

김광솔이 버럭 화를 냈지만 물러나지 않았다.

"그러니까 협박 전화가 온 한 시간 전에 어디 있었는지 말해."

"말 안 하면 어쩔 건데?"

"학교에서 경찰에 신고한다고 했어. 통화는 녹음이 된 상태라 범인을 찾기는 어렵지 않을 거야."

내 얘기를 들은 김광솔이 코웃음을 쳤다.

"설마 내가 멍청하게 직접 전화했겠어?"

"나도 그렇게 생각해. 그래서 널 따라다니는 패거리 중 한 명이 아닐까 생각 중이야."

그 말을 들은 광솔의 웃음이 그쳤다. 패거리들 역시 눈에 띠

게 동요했다. 그 틈에 더 밀어붙였다.

"만약 네 패거리 중 한 명이 협박 전화를 한 거면 너도 무사하지 못할 거야."

"내가 왜?"

"학교가 아니라 경찰이 조사할 거니까, 그 새끼가 만약 너한테 사주를 받은 거라고 하면⋯⋯."

일부러 말을 끊어서 그의 불안감을 증폭시켰다. 그리고 천천히 덧붙였다.

"너도 이제 몸 사릴 때가 됐잖아."

"씨발, 알았어. 나는 한 시간 전에 교실에서 담임이랑 얘기하고 있었어."

"무슨 얘기?"

"축제 때 사고 좀 치지 말라고 얘기해서 알았다고 했지. 그다음에는 바로 여기로 왔고."

"언제쯤."

"한 시간 좀 넘었어. 나오다가 연극부 소품 담당팀을 만났어."

"어디서?"

"저기 중앙 현관."

광솔이 손을 들어서 여러 아이들로 북적이는 중앙 현관 쪽을 가리켰다. 그쪽으로 나왔다면 목격자를 찾는 건 어렵지 않을 것 같았다. 그 얘기를 들으면서 머릿속에 지도를 그려봤다. 광솔의 반 교실은 본관 제일 끝이라 후문의 팔각정까지 가려면 5분은 걸렸다. 거기까지 갔다가 이곳으로 다시 온다는 건 꽤 성가신 일이다. 그럴 바에는 여기서 다른 애들을 쫓아버리고 얘기를 나누는 게 훨씬 유리했다. 일단 김광솔을 용의선상에서 지우고 차분하게 물었다.

"다른 애들은?"

"그냥 한두 명씩 여기로 왔지."

"따로따로 왔겠네."

광솔이 대답 대신 고개를 끄덕거리면서 패거리들을 바라봤다. 서로를 힐끔거리는 와중에 아까 나를 가로막은 곰에게 시선이 모였다. 수상쩍은 낌새를 느낀 광솔이 곰을 바라봤다.

"그러고 보니 제일 늦게 왔지?"

"어, 화장실에 갔다가 오느라고 늦었어. 배가 살살 아파서 말이야."

그러면서 배를 슬슬 만지는 시늉을 했다.

"너 이상한 전화 했어? 안 했어?"

"내가 그런 짓을 할 리가 없잖아. 레드 신드롬을 얼마나 좋아하는데!"

곰의 변명을 듣다가 갑자기 어떤 생각이 스쳐 지나갔다.

"어? 나는 학교에 폭탄을 터트리겠다는 협박 전화가 왔다는 얘기만 했지. 레드 신드롬에 대해선 말한 적 없는데?"

"폭탄 터뜨려서 공연을 막는다고 했잖아, 네가."

곰이 버럭 화를 냈지만 나는 차분하게 고개를 저었다.

"폭탄 얘긴 했지만 공연 얘긴 한 적이 없어."

그러면서 광솔을 바라봤다. 우리 둘을 번갈아 보던 광솔이 입을 열었다.

"저 새끼 잡아. 상태 말고 곰."

패거리들이 우르르 몰려와 곰의 팔을 잡고 어깨를 눌렀다. 무릎이 꿇려진 곰이 발버둥을 치다가 광솔이 다가오자 움찔했다.

"아니야. 내가 아니라고."

"씨발, 날 쫓아내고 여기에서 호의호식하겠다, 이거였어?"

"무슨 소리야. 저 새끼 말 믿지 말라고."

"물론 안 믿지. 하지만 너도 미심쩍어. 상한 걸 처먹어도 끄떡 않던 놈이 왜 그 타이밍에 배가 아픈 건데?"

"진짜라니까. 정말 배가 아팠다고."

나는 징징거리는 곰에게 물었다.

"어느 화장실로 갔는데?"

"본관 뒤쪽, 과학실 있는 데."

"거긴 후문 쪽이랑 가깝잖아. 팔각정 있는 곳."

"모, 몰라. 배가 아파서 정신없이 뛰어갔다고."

곰은 필사적으로 대답했지만 역시 빈틈을 찾았다.

"거짓말. 네가 있던 교실 앞에 중앙계단으로 내려오면 바로 화장실이 있잖아. 거길 놔두고 여기랑 반대쪽에 있는 화장실로 갈 이유가 있어?"

내가 조목조목 따지자 곰은 아차, 하는 표정을 지었다. 듣고 있던 광솔이 차가운 눈으로 쏘아보자 마침내 곰이 고개를 떨궜다. 그 틈에 물어봤다.

"누구랑 짠 거야?"

"동준이."

"남동준, 그 새끼?"

남동준은 김광솔과 어깨를 나란히 하는 일진이었다. 그리고 내가 점찍은 마지막 용의자이기도 했다.

김광솔이 머리를 쓰는 쪽이라면 남동준은 힘을 쓰는 편에 속했다. 양쪽의 성향이 완전히 달랐기 때문에 서로 못 잡아먹어서 안달이었지만 서로 맞붙으면 일이 커질 거고, 그러면 강제 전학을 당할 수 있기 때문에 자제하는 중이었다. 대신 물밑에서는 엄청 견제를 했는데 대표적인 방법이 상대방 패거리를 빼내 오는 것이었다. 그래서인지 남동준의 이름이 나오자 김광솔의 표정이 사납게 변해버렸다. 당장이라도 발길질을 하려는 걸 막고는 곰에게 물었다.

"남동준이 뭐랬는데?"

"레드 신드롬 공연을 망치자고 했어."

"왜?"

"레드 바이러스거든. 표절에 소속사 파워로 뜬 주제에 어떻게 우리 같은 명문 학교 축제에 기웃거리느냐고 했어."

"넌 거기에 동조했고?"

"나도 같은 생각이거든. 나도…… 레드 바이러스야."

곰의 얘기를 듣고는 어처구니가 없어졌다. 아이돌 그룹이 싫다는 이유로 라이벌 일진 대장과 짜고 사고를 치려고 했던 것이다. 김광솔 역시 코웃음을 쳤다.

"이 새끼 진짜 미쳤네. 씨발, 그래서 나를 엮으려고 한 거야?"

"아니야. 그냥 우리끼리 조용히 움직이려고 했어."

그 얘기를 듣고 있다가 끼어들었다.

"어떻게?"

"마, 말 안 할 거야. 말하면 남동준한테 죽어."

곰은 애써 내 눈을 피하며 대답을 안 하려 했다. 광솔의 눈빛이 한없이 가라앉았다. 보통이라면 멱살을 잡고 화를 내겠지만 오히려 차분히 노려보기만 했다. 아이들은 이걸 쿨타임이라고 불렀다. 이 시간이 끝나면 마구잡이로 폭행이 이뤄졌다. 본능적으로 쿨타임이 끝나가는 시점이라는 걸 알게 된 곰이 빠른 태세 전환을 했다.

"그, 그러니까, 공연이 시작될 때 강당 뒤쪽 전기실에 가서 전원을 끊어버리기로 했어."

"전기를 나가게 해서 공연을 못 하게 막으려고?"

곰이 대답 대신 고개를 끄덕거렸다.

어이가 없어서 바라만 보고 있는데 멀리서 아이들의 환호성 소리가 들렸다. 정문 쪽에 연예인들이 타는 스타크래프트 밴이 들어서는 게 보였다.

"젠장!"

이제 공연까지 얼마 남지 않았다. 곰을 한번 째려보고는 강당 쪽으로 뛰어갔다.

먼발치에서 지켜보던 미라에게 강당으로 오라고 손짓을 하고는 전력 질주를 했다. 중간에 한 번 넘어지면서 손바닥이 까지긴 했지만 아픔 같은 건 느껴지지 않았다. 어떻게든 레드 신드롬의 공연을 봐야만 했다. 아니, 보고 싶었다.

다행히 아이들이 몰려들면서 레드 신드롬이 탄 스타크래프트는 교문 근처에서 멈췄다. 그사이, 강당으로 들어가서 미친 듯이 전기실 쪽으로 뛰어갔다. 예전에 강당 청소를 하면서 전기실에 들어간 적이 있었다. 강당 2층 조명기가 설치된 쪽에 있었는데 글자 그대로 강당으로 들어오는 전기들을 모두 통제하는 곳이다. 그래서 평소에는 아무도 들어가지 못하게 잠금장치가 되어 있지만 문이 얇아서 그냥 발로 한번 걷어차면 열릴 것 같았다. 아니나 다를까 헐레벌떡 계단을 오르자 활짝 열린 전기실 문이 보였다. 그리고 안쪽에 아이들 몇 명의 그림자가 보였다.

"야! 너희들 거기서 뭐 해!"

내가 버럭 소리를 지르자 전기실 안쪽에 있던 남동준과 몇몇 아이들이 모습을 드러냈다. 생각보다 숫자가 많다는 걸 깨달았지만 물러설 수는 없었다. 남동준이 퉁명스럽게 말했다.

"네가 무슨 상관인데? 신경 쓰지 말고 꺼져."

"공연 망치려고 한 거 다 알아. 학교에서 경찰에 신고했어."

경찰이라는 말에 남동준 주변에 있던 패거리들의 눈에 띄게 동요했다. 그러자 남동준이 버럭 소리를 질렀다.

"짭새 따위가 겁날 거 같아!"

남동준이 폭주하자 패거리들도 물러나지 않았다.

"젠장."

밖으로 나가 도와달라고 할까 했지만 그랬다가는 전기장치를 고장 내고 도망갈 것 같았다. 그러면 레드 신드롬의 공연은 물 건너가는 것이다. 하지만 살아 있어야 공연도 볼 수 있는 법. 이러지도 저러지도 못하는데 갑자기 뒤에서 태권도를 할 때 내는 기합 소리 같은 게 들렸다.

"이얏!"

허공을 날아온 건 미라였다. 가장 가까이에 있던 남동준 패거리의 가슴팍에 멋진 날아차기를 한 것이다. 가슴팍을 맞은 녀석은 얼굴을 일그러뜨리며 주르륵 미끄러졌다.

너무 놀라서 입이 다물어지지 않았다. 자세를 잡은 미라가 주춤거리는 다른 패거리에게 또 발차기를 했다. 머리까지 올라간 발에 뺨을 맞은 녀석은 비명을 지르며 그대로 주저앉았다. 연달아 두 명이나 쓰러뜨리자 다른 패거리들은 놀라서 물러났고, 남동준 역시 주춤거렸다.

"너, 뭐야?"

"오면서 선생님 불렀어. 곧 오실 거야."

"이런 쌍, 나한테 이러고도 무사할 거 같아?"

"흥, 레드 신드롬 공연을 방해했다고 SNS에 올려줄까? 전 세계에 레드 신드롬 팬이 몇 명쯤 될 거 같아?"

미라의 얘기에 남동준의 표정이 어두워졌다. 그사이에 나는 계단 아래쪽을 바라보며 외쳤다.

"선생님! 여기예요, 여기!"

물론 1층에는 선생님이 없었지만 진짜라고 생각했는지 남동준이 욕설을 내뱉으며 도망쳐버렸다. 그러자 다른 아이들도 허겁지겁 뒤를 따랐다.

살았다고 한숨을 돌리는데 미라가 다가왔다.

"괜찮아?"

미라의 물음에 활짝 열린 전기실 문을 바라보며 대답했다.

"응, 조금만 늦었어도 전기장치에 손을 대서 공연을 못 할 뻔했어."

"다행이네."

"근데 태권도는 언제 배운 거야? 요즘 걸그룹 하려면 그런 것도 해야 해?"

내 물음에 미라가 씩 웃었다.

"지금은 안 다니지만 초등학교 때부터 배웠어. 국기원 시범단에도 뽑힌 적이 있지. 그러는 넌? 김광솔이나 남동준, 두 패거리 중 하나가 범인일 거라는 걸 어떻게 알았어?"

이번에는 미라가 물었다.

"몰랐어."

"뭐라고?"

내 대답에 미라가 황당하다는 표정을 지었다. 그러나 그게 사실이었다.

"잘 모르겠을 땐 일단 움직여라, 탐정 흉내 내는 삼류 소설가한테 배운 탐정의 철칙이야."

준혁 아저씨를 떠올리며 피식 웃는데 멀리서 경찰차의 사이
렌 소리가 들렸다. 그 소리를 듣고는 미라에게 물었다.

"네가 신고했니?"

"아니, 너 쫓아오느라 그럴 틈이 없었지."

미라의 대답을 듣고는 고개를 갸웃거렸다.

"그럼 누가 신고한 거지? 혹시 또 무슨 일이 벌어진 건가?"

"그러게."

어쨌거나 레드 신드롬의 공연을 무사히 볼 수 있어서 다행이
었다. 그런 내 마음을 간파했는지 미라가 활짝 웃으며 말했다.

"어서 가자. 늦으면 좋은 자리 못 잡아."

"알겠어."

미라와 함께 계단을 내려가는데 강당에서 레드 신드롬을 연
호하는 환호성이 들렸다.

찢어진
드레스

정해연

1.

요란한 사이렌 소리에 나도 모르게 어깨를 흠칫 떨었다. 반사적으로 창밖을 내다보니 운동장에 경찰차가 막 진입하고 있었다. 설마 누가 신고를 한 건가? 순간 그런 생각이 들었지만 그건 아닌 게 분명했다. 이 사건은 지금 막 발견되었고, 이 정도 일로 경찰이 저렇게 다급하게 출동하지는 않을 것이다. 무슨 일인지 궁금했지만 지금은 이 일이 가장 시급했다. 나는 손에 들린 것을 다시 내려다보았다.

엉망으로 찢어져 있어서 모르는 사람이 보면 쓰레기장에서 주워온 헝겊 뭉치 정도로만 보일 테지만, 이것은 옷이다. 그것도 바로 어제 아이들이 직접 만든 예쁜 드레스였다.

"이거 어떻게 해요, 선생님? 이제 곧 시작인데."

발을 동동 구르던 나리가 급기야 얼굴을 가리며 울음을 터뜨렸다. 옆에 서 있던 여자애들이 안타까운 얼굴로 나리의 어깨를 감싸 안았다. 나리는 기어이 엉엉 소리 내어 울었다. 원을 그리듯 둥그렇게 둘러싸고 있던 아이들도 망연자실한 표정이었다.

깊은 한숨이 나오려는 것을 간신히 참았다. 당황스럽기는 매한가지였지만, 선생이라는 내 신분을 잊으면 안 된다. 게다가 나리 말대로 곧 시작이다. 어떻게든 무대는 올려야 했다.

"대체 누구야? 누군지 꼭 찾아내서 가만 안 둘 거야."

나리는 엉엉 울면서도 잔뜩 일그러진 얼굴로 소리쳤다. 그 소리에 나도 모르게 손을 움직거렸다. 누군지 찾는 건 어렵지 않다. 이 손만 있다면.

나는 다른 사람의 손을 잡는 순간, 상대의 죄책감을 읽는다. 아니, 읽는다는 표현은 정확하지 않다. 상대가 죄책감을 느낀 순간이 머리에 흘러들어 온다는 것이 정확할 것이다. 읽히는 죄책감은 오래된 것일 때도 있고, 고작 몇 분 전에 벌어진 일에 대한 것일 때도 있다. 지금 마음을 가장 크게 지배하고 있는 죄책감이라면 무엇이든 그 상황이 보였다.

좋을 것 같다고? 모르는 소리. 어머니의 외도를 읽은 순간의 그 기분은 아무도 모를 것이다. 그 이후로 이 능력 아닌 능력을 저주해왔지만, 필요한 순간엔 어쩔 수 없이 손을 뻗게 되는 것이 나란 인간이다.

교실 안에 있는 아이들을 쓱 훑어보며 눈으로 수를 헤아려보았다. 총 아홉 명. 누구의 손을 잡아볼까. 물론 모두의 손을 잡아보면 좋겠지만, 여학생들이 여섯 명이다. 함부로 덥석덥석 잡았다가는 오늘 밤 포털 메인에 등장하게 될지도 모를 일이다.

일단 가장 가까운 곳에 서 있는 영지부터?

"경찰에 신고해야 하는 거 아니에요?"

불현듯 영지가 고개를 돌리는 바람에 깜짝 놀라 손을 거둬들였다.

"현수막 옷 찢어졌다고? 이거 갖고 경찰이 관심이나 갖겠니?"

내가 하고 싶은 말을 고스란히 뱉은 것은 영지와 커플을 이뤄 무대에 설 예정이었던 현도다. 둘 모두 옅은 파란색 파자마를 입고 있었다.

나는 벽에 걸린 시계를 올려다보았다. 시작까지 30분 정도밖에 남지 않았다.

내가 이 귀문 고등학교에 부임한 지 2년째, 올해는 2학년 3반의 담임을 맡았다. 오늘은 아이들이 오매불망 기다려오던 축제 날이다.

수능의 부담감에서 반 발짝 정도 떨어져 있는 2학년은 대체로 축제에 모든 열정을 불사른다. 1학년 아이들이 준비하는 프로그램이 귀엽고 풋풋하다면 2학년은 더없이 화려하다. 3학년이 되면 축제에 열을 올리기는커녕 숨도 쉬지 못할 거라고 생각하기 때문이다.

올해 2학년을 맡아 아이들이 축제에 관해 물어올 때, 나는 이렇게 생각했다.

'귀찮아.'

아이들의 신나는 축제 뒤에는 선생들의 노고와 추가 근무가 고스란히 바쳐진다.

역시나 축제 일정이 공지되자 아이들이 들뜨기 시작했다. 각 동아리마다 준비하는 프로그램 말고도 반별로 하나씩 특별한 이벤트를 하기로 했다. 다른 반은 운동장에서 진행하는 풍선 맞추기 게임이나 교실 생활 브이로그 상연회 등 벌써 아이템이 정해졌다고 소문이 돌았다. 자율적으로 회의를 해 어떤 프로그램을 할지 정하라고 했더니, 기다렸다는 듯 의견들이 쏟아졌다.

최종적으로 결정된 것은 패션쇼였다. 화려한 퍼포먼스를 하고 싶은 아이들의 강력한 의견이 관철된 것 같았다. 옷을 만들고, 무대를 꾸미고, 무대에 서는 데에 일부의 인원만이 주축이 될 것이므로, 축제에 나서고 싶지 않은 아이들의 의견과도 잘

맞아떨어진 듯했다.

몇 번의 회의 끝에 패션쇼를 이끌어나갈 주요 인원이 추려졌다. 그 외의 아이들은 응원하는 포지션에 속하게 될 것이다.

패션쇼에 올라갈 의상은 총 여섯 벌. 모델 여섯 명과 옷을 제작하는 팀 두 명, 진행을 맡을 한 명과 전반적인 진행을 도울 도우미 한 명, 총 열 명의 아이들이 3반의 축제 프로그램을 맡기로 했다.

논의 결과, 기성복으로는 패션쇼를 하는 의미가 반감되니 버려지는 현수막을 수거해 드레스와 파자마, 간편한 평상복을 만들어보기로 했다. 제작팀에서는 '현수막인지 아무도 모르게'를 목표로 하겠다며 의욕을 불태웠었다.

중간중간 진행 상황을 체크했을 때 솔직히 내심 놀랐다. 유치하거나 조악할 거라고 생각했는데, 정말 아이들의 말대로 무대에 올리면 현수막인지 알기 힘들 것 같았고, 그중에서도 드레스 두 벌은 학생들이 제작한 것이라고 믿기 어려울 만큼 완성도가 있었다. 왜 패션쇼를 하고 싶어 했는지 알 것 같았다. 충분히 해낼 거라는 자신이 있기 때문이었다.

그런데 오늘, 패션쇼가 열리기 불과 한 시간 전, 아이들이 준비한 의상을 꺼내 왔을 때 가장 화려한 이 드레스가 이렇게 엉망이 되어 있는 것을 발견했다. 드레스 정중앙이 길게 찢어져 있었고, 중간중간 누더기처럼 구멍이 난 모습이었다. 지난 3주 동안 이 드레스를 만들겠다고 제작팀 나리가 얼마나 최선을 다했는지, 얼마나 자부심을 뿜어댔는지 떠올리자 나까지 화가 불끈 솟았다. 나는 다시 드레스로 시선을 옮겼다. 엉망으로 찢어진 드레스에서는 너무나 명확한 악의가 느껴졌다. 누가 이렇게 해놓은 걸까.

"일단은 다섯 벌만 올려야겠다."

고개를 들고 결심한 듯 말하자 나리가 다시 소리 내어 울기 시작했다. 파자마나 평상복보다 드레스에 몇 배나 공을 들인 것을 알고 있었다. 색을 하나로 통일하기 위해 창피함을 무릅쓰고 동사무소와 아파트 관리사무소를 돌아다니며 현수막을 모은 것도 나리였다. 패션 디자이너를 꿈꾸는 나리는 의상디자인학과 진학을 목표로 하고 있었다. 축제에서 옷을 제작해본 경험도 대입 면접에서 좋은 점수로 작용할 거라는 것을 알고 있었다. 자신의 꿈에 매 순간 진심인 아이였다. 나는 뭐라 위로할 말이 없어 나직하게 한숨을 쉰 후 아이들을 둘러보았다.

"이거 누가 입기로 했었지?"

"다솔이요."

곧장 다솔을 보았다. 드레스로 갈아입으려 했다가 못 갈아입은 탓에 화려한 화장과 입고 있는 체육복이 부조화를 이뤘다.

드레스에 어울리도록 아침부터 엄마를 졸라 미용실까지 다녀
왔다고 했다. 다솔은 사복을 입으면 학생인지 몰라볼 정도로 키
도 크고 성숙해 보이는 아이였다. 큰 눈과 시원시원한 입매도
유독 눈에 띄었다. 길쭉한 모양의 평범한 귀와 다르게 둥근 모
양의 귀가 바짝 서 있어서 '쥐년이'라는 별칭이 붙었다. 별명이
라는 것이 본디 '놀림'을 근간으로 한다는 점으로 미루어볼 때,
놀릴 수 있는 것이 고작 귀 모양 정도밖에 없음을 짐작할 수 있
었다.

남의 얼굴에 별로 관심이 없는 나지만, 다솔이 미인에 속한다
는 것쯤은 알 수 있다. 이를 입증이라도 하듯 올해 로즈데이에
다솔의 책상은 꽃밭이 되어 버렸다. 오늘 드레스를 입었다면 분
명 사람들의 시선을 한눈에 받았을 것이었다. 굳은 얼굴로 고집
스럽게 입술을 다물고 있는 다솔에게 조심스레 말을 걸었다.

"다솔이가 많이 아쉽겠네. 어쩌지?"

다솔이 오늘을 얼마나 기대했는지 알고 있었지만 그렇다 해
도 다른 아이를 빼고 대신 무대에 올릴 수는 없었다. 다솔은 눈
을 바닥에 고정한 채 힘겹게 고개를 끄덕였다.

모여든 아이들을 훑어보니 다른 모델들은 이미 옷을 입고 있
었는데 드레스가 한 벌 더 보이지 않았다.

"혜린이는?"

"저 여기 왔어요!"

묻기 무섭게 숨이 가쁜 대답이 돌아왔다. 드레스를 입은 혜린이 막 교실 문턱을 넘고 있었다.

"와!"

"대박, 너무 예뻐!"

거의 환호성에 가까운 감탄이 쏟아졌다. 솔직히, 나 역시 다솔을 잊고 탄성을 터뜨릴 뻔했다. 혜린은 다솔 못지않게 남학생들에게 인기가 많다. 다솔이 도시적인 미인형이라면 혜린은 얼굴에 '나 착해요'라고 쓰여 있는 쪽이다. 모델을 선정할 때부터 누가 더 예쁠까, 아이들 사이에서 의견이 분분했을 정도다.

혜린이 입은 것은 오프숄더 형태의 벨라인 드레스였다. 흰색 드레스 못지않은 혜린의 흰 피부가 더욱 옷을 아름다워 보이게 했다. 핑크색 천으로 꽃을 만들어 잘록한 허리 주변으로 두른 것은 신의 한수였다. 웨이브를 넣은 검고 긴 머리가 드레스 위에서 찰랑거렸다. 화장은 조금 짙은 듯 보이긴 했지만 조명이 쏟아지는 무대 위의 쇼를 고려한 것 같았다.

아이들의 반응에 살짝 볼을 붉히는 것까지, 혜린은 분명 오늘 무대의 완벽한 히로인이 될 것이었다. 옷을 만든 나리도 혜린의 모습에 만족했는지, 눈물을 그치고 혜린에게 다가가 옷매무새를 점검했다. 나리의 눈이 퉁퉁 부은 것을 보고 뭔가 이상하다고 느꼈는지 고개를 돌리던 혜린이 내가 들고 있는 찢어진 드레스를 보고 눈을 커다랗게 떴다.

"선생님, 그거 누가 찢었어요?"

"자자, 설명은 나중에. 일단 강당으로 가야 해."

나는 손뼉을 치며 서둘렀다. 아까부터 입을 꾹 다물고 있는 다솔이 울음을 터트릴 것만 같아 마음이 좋지 않았다. 무대에 올라가지 못하니 상실감이 클 것이다.

피팅을 하던 날 다솔은 "선생님, 객관적으로 누가 제일 예뻐요?" 하고 물어온 적도 있다. 굳이 지칭하지는 않았지만 비교 대상이 혜린인 것은 분명했다. 그만큼 오늘 이 무대에 신경을 많이 쓰고 있다는 뜻이었다. 그러고 보니 턱선이 훨씬 갸름해졌다. 그동안 다이어트를 했을지도 모른다. 다솔을 위로해야 하는 것이 담임 선생의 역할이라는 것은 알지만 그래도 정해진 시간에 행사는 해야 하고, 다른 아이들을 인솔해야 하는 것 역시 나의 역할이다.

"혜린아, 신발 내가 챙겼어. 빨리 이동하자!"

옥영이 얼른 달려 나와 혜린의 드레스 자락을 잡는 것이 보였다. 오늘 패션쇼의 도우미 역할을 맡은 옥영은 검은색 가방을 메고 있었다. 혜린은 어리둥절한 얼굴로 주변을 둘러보더니 마지못해 교실 밖으로 나갔다. 다른 아이들도 하나둘, 다솔의 눈치를 보면서 교실 밖으로 나가기 시작했다. 나리가 다솔을 위로 하듯 옆으로 다가가 손을 꾹 잡아주었다. 그제야 다솔이 고개를 들고는 웃음을 지어 보였다. 쓸쓸한 미소였지만 울고 있지는 않았다.

2.

'누가 드레스를 찢었을까?'

다른 반 아이들이 경쟁자를 물리치기 위해 벌인 일이라는 생각은 애초에 접었다. 각 반에서 기획한 행사에 대해 인기투표로 순위를 가려 3위까지 부상을 주기는 하지만, 간단한 학용품이나 책 한두 권 정도 살 수 있는 문화상품권이라 그것 때문에 벌인 일일 리가 없다. 그렇다면 같은 반 아이들 중 한 명이라는 건데, 누구인지 쉽사리 예상이 되지 않았다.

상대가 미우면 어떤 해코지든 하고 싶을 수 있다. 아이들 사이에 있는 감정의 골을 선생이라고 해서 전부 알지는 못한다. 하지만 나는 일단 패션쇼를 직접 담당하고 있는 열 명 중에 범인이 있을 가능성이 크다고 생각한다. 드레스가 언제 어디에 보관되고 있는지, 어떤 시간대에 다른 사람들의 눈을 피할 수 있는지를 안다는 것이니까.

옷을 만드는 데 주도적인 역할을 한 나리? 잠깐 든 생각에 고개를 저었다. 이번 축제를 자신의 생활기록부에 추가될 또 하나의 경력으로 보고 있는 나리가 그런 생각을 할 것 같지는 않다.

드레스 때문에 상대적으로 주목을 덜 받게 되는 파자마나 평상복을 입게 된 아이들? 그중 신혜가 불만스럽게 말한 적이 있긴 했다. 자신들은 드레스 팀의 밑밥 같은 것 아니냐고 해서 모두를 곤란하게 했었다. 하지만 그것 때문이라면 드레스를 한 벌만 망치진 않았을 것이다.

드레스를 입기로 한 다솔과 혜린은 어떨까? 내가 알기로 혜린은 축제를 준비하는 내내 한 번도 불만을 말한 적이 없었다. 그도 그럴 것이 내가 봐도 혜린의 드레스는 아주 예뻤고 잘 어울렸다. 혜린도 만족하는 모습이었다.

다솔은 혜린의 드레스를 부러워한 적도 있었고, 혜린보다 눈에 덜 띌 것 같다며 디자인을 변경해달라고 해서 나리가 고민 상담을 해온 적이 있긴 하다. 하지만 그뿐, 아이들끼리 잘 얘기해 조율한 것으로 알고 있다. 다솔이 혜린을 신경 쓰고 질투했다는 것은 알겠지만, 질투 때문이라면 자신의 드레스를 망칠 이유가 없다. 심지어 오늘을 위해 미용실까지 다녀올 정도로 다솔은 진심이었잖은가.

그렇다면 대체 누구란 말인가.

불행한 사건과는 반대로 패션쇼는 예상했던 것보다 훨씬 더 반응이 좋았다. 자칫 평범해 보이는 파자마와 평상복의 모델 아이들이 경쾌한 음악과 함께 춤을 멋들어지게 춘 덕분에 관객들의 흥이 고조되었다. 거기에 현수막을 재활용했다는 사실이 선생들에게 큰 점수를 받았다.

마지막으로 드레스가 나올 때 웅장한 클래식 곡으로 배경음악을 바꾼 것이 또 다른 묘미였다.

모델인 혜린의 등장과 동시에 핀 조명을 떨구니 전문 패션쇼 못지않았다. 아름다운 혜린의 자태에 객석에서는 비명에 가까운 환호성을 지르는 남자아이들도 있었다. 찢어진 드레스 때문에 무대에 오르지 못한 다솔만 아니었다면 무대를 마치자마자 아이들이 뒤풀이를 하자고 방방 뛰었을지도 모른다. 하지만 그런 걸 제안할 분위기가 전혀 아니었다. 무대에 오르지 못한 다솔만이 아니라 자신의 드레스를 한 번 더 보여주지 못한 나리를 비롯해 다른 아이들까지 모두 기분이 푹 가라앉아 있었다. 패션쇼는 끝났지만 여전히 해결되지 않은 것이 있다는 것을 아이들은 아는 것이다.

누군가 우리의 드레스를 찢어버렸다는 것.

성공적으로 무대가 끝난 후 나는 참여했던 아이들과 함께 묵

묵히 뒷정리를 했다. 아직 다른 반의 행사들이 진행 중이었기 때문에 관객들은 빠르게 강당을 빠져나갔다. 강당의 다음 프로그램으로 옆 반의 댄스 공연이 잡혀 있었다. 무대를 정리해둘 필요가 있었다. 무대에 올렸던 옷을 갈아입고 챙기는 것은 아이들에게 맡기고 나는 무대를 청소했다. 마지막 피날레에서 터린 종이 꽃가루 때문에 빗자루가 필요했다. 두리번거리는데 멀찌감치 서 있던 나리가 다가왔다. 아까부터 나를 흘깃거리며 뭔가 망설이고 있다는 건 알고 있었다. 고민을 하도록 내버려두었는데 결국 말해야 한다고 결정한 모양이었다.

"선생님, 제 드레스 찢은 범인, 그냥 두실 거예요?"

나는 쓰레기봉투를 내려놓고 나리를 마주했다.

"왜 그런 일이 일어났는지 확인해야지."

최대한 아이들의 감정싸움으로 번지지 않도록 주의해야 했다. 같은 팀원들 중 누군가 악감정을 갖고 있다는 것만으로도 아이들은 서로를 의심하기에 충분했다.

솔직히 말하자면 그까짓 현수막 드레스 때문에 감정싸움을 하거나 말거나 상관없지만, 아직 학기 중이다. 괜히 감정의 골이 깊어져 파가 나뉘거나 하면 담임의 일이 늘어난다. 일단 전체적인 정황만이라도 파악해볼 참이었다.

"그 드레스, 어떻게 관리했니?"

축제가 끝나면 아이들에게 확인하려 했지만 말이 나온 김에 물어보기로 했다. 질문을 기다렸는지 나리가 흥분한 어조로 말했다.

"그거 연극반 캐비닛을 빌렸어요. 거기다가 보관했다고요."

"그럼 다른 반 애들도 그 드레스를 볼 수 있었다는 거네?"

손을 댔을 가능성이 있다,라는 말을 하려다 말았다. 최대한 말을 조심해야 했다. 혹여 이야기가 와전되면 캐비닛을 빌려준 연극반 아이들을 의심하고 있다는 뜻으로 전달될 수도 있었다.

나리는 손을 저었다.

"아뇨. 캐비닛이 있는 연극반 동아리실은 다른 애들도 들어갈 수 있지만 캐비닛은 따로 열쇠를 줬어요. 항상 잠갔고요."

나는 나리의 표정에서 그 열쇠를 누가 관리했는지 물어봐주길 바란다는 뉘앙스를 감지했다.

"그 열쇠는 누가 갖고 있었니?"

나리는 시선을 내리깔고 살짝 고개를 틀었다. 뒤쪽 누군가에게 들릴까 봐 신경 쓰는 것이다. 그 시선을 따라서 고개를 돌렸다. 도우미 역할을 맡은 옥영이가 낑낑거리며 모델 아이들이 벗어놓은 옷을 박스에 넣고 있었다.

"옥영이요."

나리의 나직한 목소리에는 이미 옥영이 범인이라는 확신이 깔려 있었다.

"열쇠가 하나뿐이야? 그걸 옥영이만 갖고 있었어?"

"네. 어제 리허설 하고 다 같이 캐비닛을 빌리러 갔었어요. 모두 있는 곳에서 제가 직접 드레스를 캐비닛에 넣었고요. 그리고 열쇠를 옥영이한테 맡겼어요. 그다음 날 옷을 갈아입으러 다솔이가 갔을 때 옷은 엉망이었어요. 손을 댈 수 있는 건 옥영이밖에 없어요."

나리는 확신에 찬 눈길로 고개를 크게 끄덕였다. 나는 잠시 생각한 뒤 나리에게 나직이 말했다.

"이 일은 선생님이 한번 알아볼게. 나리야, 네가 신경 써서 만든 옷이 그렇게 된 건 정말 속상할 거야. 다른 애들도 즐겁게 준비했는데 엉망이 돼서 얼마나 서운하겠니. 근데 아직 누가 그런 건지, 실수인지 아닌지도 모르는데 잘못하면 애먼 사람이 상처를 받을 수도 있어. 캐비닛을 빌려준 연극반 애들 입장도 있고 말이야. 무슨 뜻인지 알지?"

"네."

나리는 더 묻지 않았다. 영리한 아이다. 내가 무슨 걱정을 하는지 이미 이해했을 것이다. 나리는 내가 이 문제를 없던 일로 덮어버리지 않을 거라는 확신이 들었는지 한층 밝은 표정으로 돌아섰다. 아이들에게로 향하던 나리가 문득 돌아서더니 다시 바짝 다가왔다.

"근데 옥영이밖에 없어요. 분명해요."

멀리 떨어진 곳에서 옥영이 이쪽을 응시하고 있었다.

"옥영아, 오늘 아침에 드레스를 어떻게 꺼냈는지 얘기해줄래?"

큰 목소리로 말하며 옥영에게로 고개를 돌리자, 옥영은 어깨를 흠칫 떨었다. 뭔가 생각을 하는 듯 침묵을 지키고 있다가 천천히 다가왔다. 어두운 표정이었다.

"모델 역할 맡은 애들이랑 제가 같이 연극반으로 갔어요."

열쇠를 옥영이 갖고 있었으니 캐비닛을 연 것은 옥영이었을 것이다. 그 말을 하자, 옥영이 고개를 끄덕였다. 옷은 그 전날과 똑같이 개켜져 있었다. 하나하나 꺼내 모델 아이들에게 넘겨주었다. 총 다섯 벌 중에 다솔이 옷을 받은 것은 세 번째였다.

"남자아이들은 옷을 가지고 나갔어요. 연극반 애들도 자리를 비켜줬고요. 여자아이들이 옷을 갈아입었는데 다솔이가 좀 곤란해했어요."

드레스를 입기 위해 코르셋 기능이 있는 속옷을 준비했던 것이다. 아무리 같은 여자들끼리라 하더라도 속옷까지 같이 벗는 건 싫다고 말한 것은 다솔이었다.

다행히 연극반에는 딱 한 칸짜리 탈의실이 있었다. 캐비닛과

벽 사이의 남는 공간에 커튼을 쳤을 뿐인 조악한 공간이었지만 한 명이 옷을 갈아입기는 충분했다. 혜린의 양보로 다솔이가 먼저 안으로 들어갔다. 혜린은 시간이 빠듯할까 걱정된다며 그냥 드레스를 들고 화장실로 향했다. 다른 아이들은 이제 다솔이 옷을 다 갈아입기만을 기다리면 되었다. 그런데 안에서 비명이 들렸다.

커튼을 열고 나온 다솔은 여전히 체육복 차림이었다. 다솔의 손에 찢긴 드레스가 들려 있었다.

"이야기해줘서 고맙다. 가서 일 봐."

내가 말하자 옥영은 곧장 돌아가지 않고 잠시 머뭇거렸다. 뭔가 말을 할 것처럼 입술을 달싹였지만 이내 고개를 푹 숙여 인사하고는 원래 있던 자리로 돌아가 정리를 마저 하기 시작했다. 나는 그런 옥영의 모습을 한참 응시했다.

나리가 옥영을 지목한 이유를 어렴풋이 짐작할 것 같았다. 일단 가장 큰 이유는 아무도 모르게 드레스에 손을 댈 수 있는 기회를 가진 애가 옥영이밖에 없었다는 것이다.

나는 사실 마음에 걸리는 일이 있었다.

2학기가 접어들면서 축제에 대한 프로그램을 준비하라고 공지했을 때 가장 먼저 패션쇼에 대한 안건이 나왔고, 그대로 결정되기까지 오래 걸리지 않았다. 그 사실을 듣고 종례시간에 누가 옷을 만들 것이고 누가 모델 역할을 할 것인지 정하라고 말했었는데, 순간 누군가 외쳤다.

"모델은 옥영이가 해야 하는 거 아냐?"

파도가 밀려드는 것처럼 웃음소리가 쏟아졌다. 앞줄에 앉아 있던 옥영이 고개를 숙이고 얼굴을 붉혔다. 아이들의 웃음에는 옥영을 향한 비하가 들어 있었다.

옥영은 객관적으로 볼 때 예쁜 얼굴은 아니다. 눈이 가늘고, 코는 주먹코에 입술이 두꺼웠다. 피부는 여드름으로 울긋불긋했고, 그 때문에 자주 연고를 발라 번들거렸다. 아이들이 옥영을 '썩은 귤'이라고 부르는 것을 몇 번이나 보았고, 점심시간에 혼자 밥을 먹을 정도로 친구가 없는 것을 알고서 두세 차례 옥영과 상담을 했었다.

왕따는 아니고, 자신이 소심해 친구가 많지 않을 뿐 다른 어려움은 없다고 직접 말했기에 선생인 내가 더 관여할 수 있는 것은 없었다.

까르르 웃는 아이들에게 정색한 얼굴로 조용히 하라고 한 후 종례를 마쳤는데 이후 패션쇼 도우미 역할에 옥영의 이름이 적혀 있어 놀랐다. 그때 나는 이 행사가 옥영이 다른 아이들과 친하게 지낼 기회가 될 거라고 생각했다. 하지만 그건 문제를 조용히 넘기고 싶은 어른의 시선일 뿐이었는지도 모른다.

3.

우와아아!

운동장에서 쏟아지는 함성에 잠시 걸음을 멈췄다. 사람들이 구름처럼 몰려 있는 곳에서는 6반의 퀴즈 대결이 한창이었다.

6반에는 2학년 전체 성적 1등을 놓치지 않는 은주가 있다. 퀴즈 참가자는 은주와 대결을 벌이고 있는 중이다. 신청자는 참가비를 3000원 내야 하고 수익금은 모두 학교 인근 복지시설에 기부된다고 한다.

나는 다시 걸음을 옮겼다. 복도 끝에서 멈춰 서서 문 위쪽을 보았다. 출입구 상단에 '연극반'이라고 적힌 아크릴판이 걸려 있었다. 늦게 찾아온 더위 때문인지 문이 열려 있어 곧장 안으로 들어섰다. 연극반 내부는 다른 교실과는 조금 달랐다. 바닥재가 맨발로 사용할 수 있는 나무마루였고, 왼쪽 벽 전체에 대형 거울이 붙어 있었다. 연기를 하는 자신의 모습을 모니터링하기 위함인 것 같았다.

"앗, 선생님!"

벽에 기대어 줄지어 앉아 있던 남학생들 중 한 명이 벌떡 일어나며 알은체했다. 2학년 5반의 규진이었다. 다른 아이들도 엉거주춤 일어나며 고개를 숙였다. 규진은 얼른 맞은편 벽으로 가

바닥에 박스를 깔고 누워 있던 아이를 깨우려 했다. 손을 가로
저으며 말렸다.

"아니야. 잠깐 뭣 좀 보려고 왔어. 깨우지 마라."

"네."

규진이 머쓱한 듯 웃으며 뒷머리를 긁적였다. 나는 연극반 내
부를 훑어보았다. 연극반은 오전에 공연을 마친 뒤였다. 무대에
사용됐던 의상과 장식들이 아무렇게나 쌓여 있었다.

"피곤한가 보네."

"어제 밤새 연습해서요."

"고생했네."

고개를 끄덕이며 안쪽으로 눈을 옮겼다. 창가 쪽 벽면에 철제
캐비닛 다섯 칸이 세워져 있었다. 그중 하나를 빌려 아이들이
드레스를 보관했을 터였다.

"우리 반 애들이 드레스를 맡겼었지?"

"아, 네. 현도가 보관 좀 부탁해서 제 사물함을 빌려줬는데요."

"어디니?"

내가 묻자 규진은 잠시 의아한 듯 고개를 갸웃했지만, 곧 사
물함 쪽으로 앞장섰다. 규진이 안내해준 곳은 캐비닛 중에서도
제일 안쪽에 위치해 있었다. 철제문에 규진의 이름이 붙어 있
었다.

"열쇠는?"

"저한테 있어요. 빌려줬다가 아까 돌려받았어요. 왜요?"

규진이 주머니를 뒤적여 열쇠를 꺼냈다. 은색 열쇠 위에 작은 링이 걸려 있었다. 다른 열쇠는 없냐고 묻자, 한 개뿐이라는 대답이 돌아왔다. 고개를 돌려 사물함 문에 붙어 있는 열쇠 구명을 보았다. 억지로 열려고 했던 흔적 같은 것은 일단 육안으로는 확인되지 않는다.

"열쇠 말고 열 수 있는 방법은 없니?"

예선에 어느 학교에서 업체 측의 실수로 모든 사물함이 열쇠 하나로 열리는 문제가 발생한 적이 있었다고 들었다. 혹은 오래된 사물함의 경우 주먹으로 쳐 충격을 주면 안에서 잠금쇠가 덜컥이다 열리는 경우도 있다. 하지만 규진은 고개를 저었다.

"열쇠로밖에 못 열어요. 보여드릴까요?"

내가 뭐라 대답하기도 전에 규진이 잠긴 사물함 문을 잡고 강제로 당겼다. 이어 문을 쿵쿵 쳐 보이기도 했지만 덜컹이는 소리만 날 뿐 열릴 기미는 없었다. 이번엔 열쇠를 사물함에 꽂았다. 한번 비틀자 가볍게 문이 열렸다. 안은 텅 비어 있었다.

"드레스 맡아주느라고 제 짐을 다 빼놨거든요. 조금 전에 3반 애가 와서 완전히 비웠으니까 이제 제 거 채우려고요."

그 말이 내 귀를 자극했다.

"조금 전에?"

맡겨놓았던 것은 드레스 두 벌뿐이다. 그것들은 이미 패션쇼 시작 전에 빼 왔다. 다시 올 일은 없다. 열쇠를 돌려주기 위해 올 수도 있지만 참여했던 아이들 모두 뒷정리 중이므로 굳이 이 시간일 이유가 없다. 만약 한 명이 여기에 왔다면 다른 사람들이 일하고 있는 사이 굳이 일부러 왔다는 이야기가 된다.

"네. 뭐 하나 놓고 갔다고 마저 가져가면서 저한테 열쇠 돌려줬어요."

"누구였니?"

규진은 어깨를 으쓱했다.

"이름은 잘 모르겠는데요. 여자애예요. 드레스 맡기러 올 때부터 있었던 앤데. 약간 주먹코에 얼굴 까맣고 키는 작고 좀 못⋯⋯. 아무튼 그런 애요."

규진이 손으로 주먹을 만들어 코에 붙였다. 옥영이 곧장 떠올랐다. 열쇠를 관리했던 것은 도우미 역할을 맡은 옥영이었다. 뭘 놓고 갔다는 걸까.

"뭔지 혹시 봤니?"

"가위요."

나도 모르게 인상을 썼다. 찢어진 드레스와 가위. 너무나 딱 맞는 그림이다. 찢긴 드레스가 발견되면 열쇠를 관리하는 옥영이 가장 의심받을 것이 당연하다. 그걸 알 텐데 정말로 옥영이 그런 일을 벌일까?

뭔가 잘못된 것이 있느냐는 얼굴로 들여다보기에 나는 얼른 표정을 고치며 규진의 어깨를 두드렸다.

"그래, 알려줘서 고맙다. 잘 정리하고 나중에 수업에서 보자."

규진의 인사를 받으며 나는 황급히 몸을 돌렸다. 곧장 교실로 가볼 생각이었다. 옥영이 조금 전에 왔었다고 하니 아직 근처에 남아 있을 것 같았다.

조금 전의 확인으로 나는 이제 누가 드레스에 손을 댔는지 어느 정도 알 것 같다. 그러나 아직 풀리지 않은 의문이 한 지점 남아 있었다. 빠른 걸음으로 나가다 아직 잠이 들어 있는 연극반 학생 앞에서 반사적으로 걸음을 늦췄다. 잠든 아이를 깨우지 않으려 깨금발을 하고 조용히 연극반을 벗어났다.

복도를 걸어 중앙계단을 통해 단숨에 3층까지 뛰어 올라갔다. 옥영을 찾을 생각이었다. 물론 옥영에게 대놓고 물어볼 수는 없다. 확인할 수 있는 방법은 있었다. 죄책감을 읽어내는 나의 손. 왠지 긴장되어 나도 모르게 손을 크게 펼쳤다가 주먹을 쥐었다. 별로 쓰고 싶지는 않지만 지금은 그 방법밖에 없다.

"앗, 선생님!"

3반 교실로 들어가기도 전에 문 앞에서 옥영과 딱 마주쳤다.

나는 재빨리 옥영의 어깨 너머로 시선을 던져 교실을 훑어보았다. 옥영이 가져갔다는 가위를 어디에 두는지 확인하고 싶었는데 타이밍이 어긋난 것 같았다.

"정리하느라 고생했지?"

"아뇨."

옥영은 목을 움츠리며 고개를 가로저었다. 그러고는 허리를 불쑥 숙였다.

"먼저 가보겠습니다."

옥영이 지나치는 순간을 놓치지 않았다. 나는 선 채로 살짝 발끝을 틀었다. 내 발끝에 옥영의 발이 걸렸다. 옥영은 그대로 중심을 잃었다.

"꺅!"

쓰러지는 옥영의 손을 잡아 쥐었다. 순간적으로 눈앞이 일렁였다. 많은 장면이 머릿속을 스쳤다. 나는 정신을 차리기 위해 머리를 살짝 흔들었다. 만약 드레스를 찢은 것이 옥영이라면 지금 옥영의 머릿속에는 찢긴 드레스와 관련된 일이 그득해야 했다. 그런데 그녀를 지배하고 있는 죄책감은 드레스와는 완전히 동떨어진 일이었다. 나는 그것이 의미하는 바를 한참이나 생각해야 했다.

4.

내가 본 죄책감 속 옥영은 지난 두 학기 동안 보아온 옥영과는 전혀 다른 모습이었다. 지금보다 훨씬 어린 모습이고, 교복을 입지 않은 것으로 보아 초등학생 때인 것 같았다.

누군가의 집 앞에서 어린 옥영이 한 여학생에게 가방을 집어던졌다. 꽤 묵직해 보이는 가방을 얼굴에 그대로 맞은 상대 여학생이 주저앉듯 바닥에 넘어져버렸다. 어깨를 덮고 있던 긴 머리카락이 앞으로 흘러 내려왔다. 얼굴을 감싸고 고통스러워하는 것을 내려다보면서 옥영은 차가운 말을 뱉었다.

"그런다고 도망갈 수 있을 줄 알아? 학교에 안 나오면 정말 죽을 줄 알아, 이 돼지 같은 년아!"

일그러진 옥영의 얼굴은 내가 그동안 상상조차 못 해본 것이었다. 옥영은 분풀이라도 하듯이 바닥에 떨어진 가방을 발로 걷어차고 여자아이 앞을 지나가버렸다.

"선생님?"

상념을 가르고 들어온 목소리에 문득 정신을 차렸다. 넘어질 뻔했던 옥영의 손을 그대로 잡고 있었다. 아차, 얼른 손을 떼며 어리둥절하게 보는 옥영에게 애써 웃음을 지어 보였다.

"괜찮니?"

"네. 선생님이 잡아주셔서 안 넘어졌어요. 감사합니다."

옥영은 고개를 숙여 인사하고는 걸음을 옮겨 아래층으로 내려갔다.

옥영이 사라진 뒤에도 나는 한참이나 그 자리에 남아 있었다. 내가 보는 것은 상대의 머릿속을 가장 강하게 자리 잡고 있는 죄책감. 대체로 최근의 것이다. 왜냐하면 오래된 죄책감은 기억이라는 먼지에 덮여 나가다 가끔 바람 불면 문득문득 모습을 드러내는 것과 같으니까. 그렇다면 옥영은 왜 이런 죄책감을 가장 강하게 갖고 있는 걸까. 옥영은 드레스가 찢긴 사건과는 전혀 관련이 없다는 걸까, 아니면…….

'확인해봐야겠군.'

나는 그대로 교무실로 내려갔다. 교무실은 텅 비어 있는 상태였다. 지금쯤 마지막 공연이 진행되고 있을 터였다. 축제가 있는 날이면 선생들의 신경은 더욱 예민해진다. 신나다 못해 흥분한 아이들에게 어떤 사고도 일어나게 해서는 안 되기 때문이다.

축제를 마치고 아이들이 학교에서 빠져나갈 때까지 선생들은 학교 문을 나서지 못한다. 지금쯤 일부의 선생들은 아이들을 지도 감독하느라, 일부는 행사가 끝난 운동장을 정리하느라 바쁠 터였다. 나 역시 그들 사이에 끼어야 하지만 지금은 이쪽이 훨씬 시급하다.

자리에 앉아 컴퓨터로 교육행정 정보시스템에 접속해 옥영의 기록을 확인했다. 옥영은 여기서 한 시간 정도 거리에 있는 진평 초등학교를 졸업한 뒤, 이 지역으로 이사를 오면서 귀문 중학교에 입학, 이후 귀문 고등학교에 진학한 학생이었다. 혹시 몰라 진평 초등학교에서 옥영이 학교폭력에 관련된 기록이 있는지 봤지만 남아 있는 것은 없었다.

마지막 행사까지 끝난 뒤 아이들은 다시 교실에 집결했다. 얼마나 신이 났는지 아직도 얼굴에 열이 벌겋게 남아 있는 아이들이 꽤 눈에 띄었다. 여자아이들은 신이 나서 댄스팀 아이들을 입이 마르도록 칭찬했고, 남자아이들은 흥분을 삭이지 못해 펄쩍 뛰며 서로 몸을 부딪히기까지 하면서 교실은 일대 혼란이었다.

그사이에 마치 섬처럼 앉아 있는 아이가 있었다. 무대에 서지 못한 다솔이었다. 다른 멤버 아이들이 옆에서 아직도 위로를 건네느라 안절부절못하고 있었다. 울고 있는 건 아니지만 다솔은 아무래도 속상함을 감출 수 없는 듯했다. 그 모습을 지그시 보다가 시선을 돌리고 교탁을 몇 번 두드렸다.

"자, 자! 조용. 모두 수고했고, 오늘 땀들 엄청 흘렸지? 집에 가서 잘 씻고 내일부터는 다시 일상이라는 것 잊지 마라."

그 소리에 아이들이 비명을 질러댔다. 잠깐 잊고 있었겠지만 곧 3학년이 된다. 고등학교의 즐거운 기억은 여기까지. 그나마 2학기에 접어들면서 일부 아이들은 벌써 추억 만들기와는 담을 쌓기 시작했다. 내일부터는 혹독하게 공부를 하라는 것과 다르지 않은 소리에 아이들은 아쉬움 반, 원망 반의 소리를 질렀다.

가방을 챙겨 하나둘씩 교실을 벗어나는 사이 나는 교탁을 정리했다. 그때 나리가 다가왔다. 뒤에 다솔과 혜린, 옥영도 함께 서 있었다.

"어, 왜?"

"선생님. 검색해봤는데요. 남의 물건을 고의로 파손하는 것도 범죄죠?"

"응?"

물론 범죄다. 하지만 그 물음의 진의는 따로 있다는 생각이 든다. 아이들의 분위기를 살피기 위해 시선을 돌리다가 옥영과 눈이 마주쳤다. 옥영이 눈을 피했다.

"제가 유난 떠는 거라고 생각하실 수도 있는데요. 아무리 생각해봐도 이건 아닌 것 같아요. 일부러 찢어버린 게 분명하니까요. 꼭 잡아야 한다고 생각해요. 그래서 엄마한테 말씀드리려고요."

나리의 어머니는 학년 어머니회장이다. 내가 해결하지 못하면 어머니를 동원해 문제를 공론화하겠다는 말이나 다름없었다. 하지만 이건 단순한 협박이 아니다. 나리가 굳이 이런 말을 하는 이유가 다른 데에 있음을 눈치챌 수 있었다. 나리가 눈을 슬쩍 돌려 옥영을 보았기 때문이다.

나리는 옥영을 의심하고 있었다. 나에게 말하는 자리에 일부러 옥영을 데리고 와서 들으라는 식으로 말하고 있음이 분명했다. 담임 선생에게 해결을 촉구하면서도 옥영의 심리를 압박하는 것. 결과적으로 나리의 지략은 일부분 성공적이었다. 옥영은 스스로도 깨닫지 못하고 있는 것 같았지만 긴장하는 것이 역력하게 보였다. 살짝 아랫입술을 깨물기도 했다.

"무슨 말인지 알겠다. 나리가 속상한 것도 충분히 공감돼. 선생님이 우선 알아볼 수 있는 대로 알아볼게."

"혹시 밝히지 못하더라도 꼭 이야기해주셔야 해요?"

"그렇게 할게."

나리와 아이들은 가볍게 인사하고는 뭔가 의논을 하며 교실을 벗어났다. 옥영이 그 뒤를 따랐다. 나는 한참이나 그 모습을 지켜보다가 교탁을 마저 정리했다. 그러던 나는 손을 우뚝 멈췄다. 눈을 치떠 벽에 걸린 시계를 확인했다. 아이들이 나간 지 5분. 대부분의 아이들이 본관을 빠져나갔을 시간. 그리고 다시 돌아오기에도 그리 힘들지 않은 시간. 나는 곧장 교무실로 돌아가 핸드폰으로 세 명의 아이들에게 전화를 걸었다. 그리고 다시 학교로 불러들였다. 이제, 해결의 시간이다.

전화를 끊은 나는 내가 본 죄책감 속 옥영과 현재의 옥영의 모습에 대한 괴리에 대해 깊이 생각해보았다.

5.

옥상 난간에 서서 아래를 내려다보는 기분은 평소에 학교를 볼 때와는 다른 느낌이었다. 조금 떨어진 곳에 서서 보니 내가 이 공간의 제삼자처럼 느껴졌다. 거친 장난을 치며 나가는 학생들을 일상의 피로물질을 만들어내는 요소가 아닌 그저 흐뭇한 어른의 시선으로 볼 수 있었다. 위에서 내려다보는 교정도 아름답게 느껴졌다.

낡은 방화문이 삐거덕 소리를 내며 열렸다. 돌아보니 옥영이었다. 가방을 메고 있었다. 옥영은 고개를 숙여 인사를 하면서도 자신을 왜 이곳으로 부른지 알 수 없다는 듯한 표정을 감추지 못했다. 옥영은 문을 닫고 이쪽으로 다가오다 다른 한 사람이 서 있다는 것을 알고는 걸음을 멈추었다.

"선생님, 무슨 일로……."

옥영의 말에 규진이 어깨를 으쓱했다.

"그러게. 선생님, 무슨 일로 부르셨어요? 조금 있다가 알려주신댔잖아요?"

나는 두 사람을 향해 부드럽게 웃었다.

"조금만 더 기다려봐. 한 명이 더 올 거거든."

규진과 옥영은 도무지 모르겠다는 얼굴로 어정쩡하게 서 있었다. 다시 옥상 문이 열릴 때까지 그리 오랜 시간이 걸리지는 않았지만 그 잠깐의 몇 분이 꽤 어색하게 흘렀다. 옥상에 선 채로 우레탄이 깔린 운동장을 보며 예전에는 흙바닥이었던지라 농구 한 게임 뛰면 온몸이 엉망이 되었다는 얘기를 했지만 어색함은 그다지 사라지지 않았다. 그래서인지 옥상 문이 열리는 순간 우리 모두의 시선이 동시에 그곳으로 향했다.

"어……."

옥상 위로 한 발짝 내디딘 채 눈을 휘둥그레 뜨고 있는 것은 다솔이었다.

"어서 와라, 다솔아. 이쪽으로 와."

손짓하자 다솔이 천천히 다가왔다. 뭔가 미심쩍은 듯 경계하는 기색이었다. 다솔 역시 책가방을 메고 있었다. 하얗고 화사한 가방은 다솔과 잘 어울렸다.

"선생님, 이 조합 뭐예요?"

이해가 안 가는지 규진이 기다리지 못하고 물었다.

"사실 규진이한테는 잠깐 확인만 받으면 돼. 집에 늦게 가게 해서 미안하다."

"뭔데요?"

나는 다솔에게로 고개를 돌렸다.

"다솔아, 잠깐 필통 좀 빌려줄래?"

"네?"

다솔은 어리둥절한 얼굴이었다. 하지만 내가 기다리고 있자 가방을 벗어 지퍼를 열었다. 다솔이 꺼낸 필통은 진회색의 패브릭 제품이었다. 다솔의 필통을 받아 열었다. 평소 다솔의 이미지만큼이나 화려한 색색의 펜들이 깔끔하게 자리 잡고 있었다. 귀여운 캐릭터가 그려진 마스킹테이프와 문구용 칼, 북홀더도 철제 케이스에 담겨 필통의 한자리를 차지했다. 그중에서 내가 손에 든 것은 가위였다. 평범한 가위이기는 했지만 손잡이의 플라스틱 부분에 꽃모양 스티커를 화려하게도 붙여놓았다.

"네가 봤다는 가위가 이거 맞니?"

규진이 무덤덤한 눈으로 그것을 보더니 고개를 끄덕였다.

"아마도요?"

나는 재차 확인했다.

"너희 연극반 동아리실에 옥영이가 다시 와서 놓고 갔다며 찾아간 가위, 맞지?"

그 말에 다솔이 놀라 옥영 쪽으로 홱 고개를 돌렸다. 나도 슬쩍 옥영의 얼굴을 보았다. 얼굴이 파리했다. 규진은 옥영의 눈치를 보는 듯했다. 뭔가 가위에 관련된 문제가 있는 것 같은데, 자신의 진술이 옥영을 곤란하게 할까 봐 고민하는 것 같았다. 그러나 규진은 곧 고개를 끄덕였다.

"맞아요."

얕은 한숨을 내쉬었다. 그러고는 규진에게 이만 가봐도 좋다고 말했다. 아무래도 무슨 상황인지 궁금한 것 같았지만 규진은 조금 눈치를 보다가 고개를 숙여 인사하고는 옥상을 벗어났다. 문이 닫힌 뒤 나는 다시 두 아이를 향해 돌아섰다.

"혹시라도 드레스를 다른 반 아이가 망가트렸을지도 모른다는 생각에 연극반에 가봤어. 캐비닛을 강제로 열었다면 흔적이 있을 테니까. 근데 그 직전에 옥영이가 연극반에 와서 놓고 간 물건이라며 가위를 가져갔다는구나. 지금 너희들이 본 대로 그 물건이 다솔이 필통에서 나왔어. 이게 무슨 상황일 것 같니?"

옥영은 여전히 하얗게 질린 얼굴로 아랫입술을 깨물었다. 바닥으로 떨어트린 고개를 들지 못했다. 다솔은 놀란 듯 양손으로 입을 가렸다. 그러고는 약간 격앙된 어조로 물었다.

"그럼 선생님, 드레스를 옥영이가……."

"아니."

나는 단호하게 다솔의 말을 잘랐다.

"그 가위는 다솔이 네 것이잖아."

다솔은 당황한 듯 눈을 크게 떴다. 그 말이 무엇을 뜻하는지를 뒤늦게 알았다는 듯 고개를 저었다.

"아뇨, 이건 제 것이 아니에요……. 옥영이가 자기 가위를 제 필통에 넣은 걸 수도 있잖아요."

"아니, 그럴 수는 없지. 내가 규진이에게 필통 속 가위를 확인 시킬 때, 만약 네 것이 아니었다면 넌 네 가위가 아니라고 그 즉시 말했겠지. 분명 그건 네 가위야."

"하지만……."

"드레스를 망가트린 건 다솔이 네가 직접 한 게 맞지?"

다솔의 입이 벌어졌다. 곧장 아니라고 소리를 지르고 싶은데 금방 말이 나오지 않는 모양이었다. 크게 뜬 눈에 핏발이 서 있었다. 입가가 파르르 떨리는 것이 분명히 보였다. 반면, 옥영은 여전히 바닥을 내려다보는 채로 움직이지 않았다. 옥영은 누가 드레스를 망가트렸는지, 이미 알고 있었던 게 분명하다.

"드레스를 만들었던 나리는 옥영이가 드레스를 찢었을 거라고 생각하더구나. 다른 아이들도 마찬가지겠지."

그 생각을 만들어낸 주축은 다솔일 것이다. 다솔이 아이들의 의심이 옥영에게 기울도록 유도하는 장면이 머릿속에 쉽사리 그려졌다. 하지만 그 생각은 입에 올리지 않았다. 생각은 생각일 뿐이니까.

"하지만 옥영이는 아니야. 옥영이에겐 그럴 시간이 없었어."

축제 전날 드레스를 캐비닛에 넣는 것을 아이들 모두 함께 지켜보았다. 열쇠는 가지고 있었지만 옥영은 드레스를 찢을 수가 없었다. 왜냐하면 다음 날 드레스를 꺼내기까지 연극반 아이들이 밤샘 연습을 하고 있었기 때문이었다. 만약 옥영이 연극반에 들렀다면 단원들이 몰랐을 리 없다.

옥영 다음으로 드레스를 손에 넣은 것은 다솔뿐이다. 옥영은 드레스가 찢긴 것을 발견했던 상황에 대해 이렇게 말했다.

혜린의 양보로 다솔이 먼저 탈의실에 들어갔다. 기다리던 혜린은 시간이 늦을까 봐 화장실로 갔다. 아이들은 다솔을 기다렸는데 다솔이 비명을 지른 뒤 탈의실에서 나왔고, 찢어진 드레스를 손에 들고 있었다. 그때 다솔은 체육복을 입고 있었다.

나는 이 부분에서 드레스를 찢은 것은 다솔이라고 더욱 확신하게 되었다. 일반적으로 협소한 공간에서 옷을 갈아입게 된다면 입고 있는 옷을 벗은 다음, 갈아입을 옷을 펼치게 된다. 하지만 다솔은 비명을 지른 직후 안에서 나왔다. 체육복을 입고 있는 그대로였다.

반대로 옷을 먼저 펼쳤다고 하면 탈의실에 들어간 직후 비명을 질렀어야 맞다. 조금 기다리던 혜린이 시간이 없다며 화장실로 갈 동안 아무 소리가 들리지 않을 이유가 없다.

"축제 전날 다 같이 옷을 캐비닛에 넣고 귀가를 했고, 다시 그 캐비닛이 열릴 때까지는 아까 말했던 것처럼 아무도 접근을 할 수가 없었어. 그렇다면 손을 댈 수 있었던 것은 네가 혼자 커튼 안쪽으로 들어갔을 때, 그 한순간뿐이야."

파랗게 질린 얼굴로 다솔은 고개를 저었다.

"말도 안 돼요. 커튼 밖에는 애들이 있었어요. 만약 제가 그 안에서 드레스를 찢었다면 소리가 들렸겠죠!"

"그래서 가위가 필요했던 거겠지."

다솔의 입이 꾹 다물렸다. 다솔은 바닥을 응시한 채로 눈을 깜박이고 있었다. 초조함이 다솔을 감싸고 있는 것이 한눈에도 보였다.

"소리가 들리지 않게 찢어야 하니까. 그래도 탈의실 밖으로 가위를 가지고 나올 수는 없었어. 구석에 가위를 숨겼지만 눈에 띌 수는 있었지. 그때 아무도 가위를 못 봤던 건 예상치 못한 상황에 아이들이 너무 당황했기 때문이야. 네가 그렇게 만들었겠지."

소리를 지르고, 기어이 울음을 터뜨렸을 다솔. 그 때문에 아이들은 내부에 무엇이 남아 있는지 보지 못했을 게 분명했다. 하지만 한 명은 달랐다. '말도 안 돼.'라고 생각할 수 있었던 단 한 명, 옥영이었다. 제 손으로 직접 드레스를 건네줄 때는 옷이 멀쩡했다는 걸 옥영은 너무나 잘 알고 있었다. 이상하다 생각해서 안을 들여다봤을 때 옥영은 가위를 발견했을 테고, 상황을 파악했다.

"아니에요. 제가 왜 그래요? 제가 그럴 이유가 없잖아요."

그렇게 묻는 다솔의 말끝은 말과는 다르게 힘없이 흩어졌다.

"그래. 네가 왜 그랬을까? 그 상황에서 옥영이 의심을 받을 건 명확했는데 말이야. 그럼 이렇게 생각해보면 어떨까? 처음부터 네가 원했던 게 그거 아니었을까. 옥영이 의심을 받는 것? 그리고."

나는 옥영을 보았다.

"옥영이는 왜 네 가위를 숨겨줬을까."

다솔의 눈빛이 흔들렸다. 그 부분은 다솔 역시 생각지 못한 것 같았다. 자신을 감쌌을 리 없다고 말하고 싶은 표정으로 다솔이 옥영을 보았다. 옥영은 내내 시선을 피하고 있었다.

"옥영아."

내가 부르자 옥영이 고개를 천천히 들었다.

"넌 다솔이를 감싸주고 싶었지? 왜 그랬니? 네가 범인으로 의심을 받으면 너는 아이들한테 미움을 받아. 아니, 솔직하게 말하면 따돌림을 당할 수도 있어. 근데 왜 다솔이를 감싸주려고 했어?"

나는 옥영의 눈을 가만히 들여다보았다. 까맣고 깊은 눈에는 복잡한 감정들이 가득했다.

"너희들, 같은 초등학교를 다녔지? 아니, 정확히는 잘 아는 사이였지?"

"무, 무슨 말이에요! 전 은파 초등학교를 졸업했는데요!"

"그건 옥영이가 어느 초등학교를 졸업했는지 안다는 말이네?"

다솔의 입이 꾹 다물렸다.

"선생님은 너희들 기록을 다 갖고 있다는 거 모르니? 너는 옥영이와 같은 진평 초등학교를 다니다가 전학을 해서 은파 초등학교를 졸업했지. 진평 초등학교에 다닐 때는 박다솔이었지만."

다솔의 어깨가 움찔했다. 다솔은 부모님의 이혼과 재혼으로 초등학교 때 성이 바뀌었다.

나는 옥영의 죄책감을 다시 떠올렸다. 처음엔 옥영에게 맞은 아이가 누구인지 알지 못했다. 하지만 되짚어 생각하다가 깨달았다. 옥영에게 맞고 흐트러진 머리카락 사이에서 비죽 튀어나온 귀. 그것은 다솔의 귀였다. 얼굴은 완전히 달랐지만.

내가 타인의 손을 통해 읽는 것은 죄책감. 옥영이 다솔에게 미안한 감정을 품고 있다는 것이었다. 그것은 아마 협박하고 때린 그 장면과 연관이 있을 것이다.

그렇대도 내가 본 것을 고스란히 말할 수는 없었다.

"옥영인 다솔이가 동창이라는 걸 알고 있었지? 그리고 다솔이가 너한테 죄를 덮어씌우려는 것도 말이야. 왜 그랬니? 혹시 다솔이에게 뭔가 미안한 것이라도 있니?"

이윽고, 옥영이 천천히 고개를 끄덕였다. 순간 다솔의 얼굴이 일그러졌다. 아이의 얼굴은 분노로 벌겋게 달아올랐다. 비명을 지르듯 날카로운 소리를 뱉었다.

"나라는 걸 알고 있었다고?"

옥영은 아랫입술을 깨물었다.

"알았다고?"

옥영의 고개가 끄덕여지는 순간 다솔의 손바닥이 옥영의 뺨으로 날아들었다. 말려볼 틈도 없었다. 가슴을 씨근덕거리는 다솔의 눈에 눈물이 맺혀 있었다. 옥영이 들릴 듯 말 듯 작은 목소리로 말했다.

"미안해."

"미안? 미안하다고? 내 인생을 완전히 망쳐놓고, 뭐? 미안?"

다솔은 옥영을 향해 정신없이 소리를 질렀다. 그것은 증오로 가득한 저주에 가까웠다. 그 말들 사이사이에서 나는 어느 정도 상황을 파악할 수 있었다.

두 사람은 초등학교 동창이었다. 다솔은 외모 때문에 꽤 오랜 시간 따돌림을 당하고 있었는데, 옥영과 5학년 때 같은 반이 되었다. 그때 다솔은 조금 기운이 생겼다. 옥영과는 같은 어린이집을 나왔고, 저학년 때까지만 해도 놀이터에서 만나면 같이 놀기도 했었다. 솔직히, 옥영 역시 그다지 예쁘지 않은 외모였고, 그 외모가 아이들에게 놀림거리라는 것을 알고 있어서이기도 했다. 자신의 마음을 옥영은 알아줄 거라고, 유일한 친구가 되어줄 거라고 기대했었다.

한 명이면, 친구가 한 명만이라도 있으면 숨 쉴 수 있을 것 같았다고 했다.

하지만 그 기대는 산산히 부서졌다. 다솔의 면전에 대고 구역질을 하며 비아냥거리던 반장의 뒤에 몰려 까르르 웃음을 터트리던 무리 사이에서 옥영을 발견한 순간.

만약 부모님의 이혼으로 이사를 가지 않았다면 다솔은 극단적인 선택을 했을지도 몰랐다고 했다. 하지만 전학을 가서도 다솔은 정상적인 생활을 하지 못했다. 내내 위축되어 있었고, 또다시 아이들 무리의 표적이 되었다.

결국 외모 콤플렉스를 이기지 못한 다솔은 중학교에 진학하기 전 성형수술을 감행했다. 하지만 운명의 장난이었을까, 외나무다리에서 원수를 만나듯 다솔은 귀문 고등학교에서 옥영을 다시 만났다. 마침 옥영은 못생긴 외모로 아이들과 어울리지 못하고 있었다. 이제 와 보니 너무 우스웠다. 고작 저것밖에 안 되는 게 내 인생을 시궁창으로 밀어 넣었다. 그 생각 때문에 견딜 수가 없었다. 자신을 알아보지 못한다고 생각하고 마음껏 괴롭혀주었다.

"그런데 날 알아봤다고? 알면서도 입도 뻥끗 안 했다고?"

다솔의 목소리가 날카롭게 옥상 하늘로 날아오른 순간, 옥영이 털썩, 무릎을 꿇었다.

"미안해. 정말 잘못했어. 그때 나…… 네가 왕따여야 했어. 그래서 아이들 사이에 섞일 수밖에 없었어. 눈에 띄면 안 되니까. 잘못했어. 정말 잘못했어."

옥영의 눈에서 떨어진 눈물이 어슴푸레 해가 지는 옥상의 바닥을 적셨다.

"알고 있겠지만 너랑 같은 반이 되기 전까지 나도 따였어."

옥영은 흐느끼며 고백을 시작했다.

옥영이 당한 것은 외모에 대한 비하나 심할 때는 욕설까지 퍼부어졌던 명백한 학교폭력이었다. 부모님을 실망시킬까 봐 말하지 못했지만 학교 가는 것은 지옥이었다. 그런데 다솔이 같은 반이 되자 아이들의 관심이 옮겨 갔다.

"다솔이 쟤 진짜 썩은 찐빵같이 생기지 않았니?"

그렇게 말한 것이 누구였는지는 기억나지 않았다. 하지만 그 순간 옥영은 자신이 완전히 지옥의 늪에서 빠져나왔다고 생각했다. 동조했고, 그것이 공범이 되는 거라는 사실에서 눈을 돌렸다. 하지만 괴롭힘을 당하는 다솔을 보며 겁이 났다. 다솔이 따돌림이 두려워 학교에 오지 않을까 봐. 그렇게 되면 다음 차례는 자신이 될 것이 분명했다.

반장 아이가 다솔의 머리카락을 자른 날 저녁, 옥영은 다솔을 찾아갔다. 충격받은 다솔이 학교를 더 이상 나오지 않을까 봐 두려웠다. 다솔이 없으면 자신이 왕따가 된다. 그래서 협박을 했다. 학교에 나오지 않으면 무슨 짓을 해서라도 쫓아가 죽일 거라고.

그 후 이사를 갔던 다솔을 귀문 고등학교에서 다시 만났을 때 완전히 다른 얼굴이 되어 있었다.

"나, 초등학교 졸업하고 나서도 너무 괴로웠어, 죄책감 때문에. 너한테 너무 미안했어. 내가 그러지 말았어야 했는데. 그래서 고등학교에서 널 다시 만났을 때 모르는 척했던 거야. 이번엔 내가 괴롭힘을 당해줘야지, 그렇게라도 갚아야지, 하고 생각했어."

다솔이 주먹을 움켜쥐었다. 들끓는 분노를 참느라 관자놀이 옆으로 푸른 핏줄이 툭 불거졌다. 그렇게 하지 않으면 비명이라도 지를 것처럼 다솔은 이를 악문 채로 한참이나 서 있다가 나직하게 말했다.

"난 한 명이면 됐는데……."

다솔은 나를 향해 얼굴을 돌렸다.

"선생님, 전 애 용서 못해요."

"다솔아, 있지, 아마도 그때는……."

내가 할 수 있는 말은 스스로 생각해도 한심할 정도로 구태의연한 것이었다. 다솔은 내가 무슨 말을 하려는지 이미 아는 것 같았다.

"네! 어릴 때니까, 생각 없으니까 그랬다고, 변명할 수도 있죠. 근데요. 전 다른 애들은 다 용서해도 애는 용서 못해요."

나는 다솔을 응시했다. 내가 알 수 없는 더 깊은 상처가 다솔의 가슴속에 도사리고 있는 것 같았다. 내가 이 순간 할 수 있는 건 용서하라는 다그침보다는 기다림이었다.

다솔은 일그러진 얼굴을 옥영에게로 돌렸다.

"그때…… 엄마가 봤어. 집 앞에서 내가 너한테 맞는 거! 엄마가 다 보고 있었다고! 절대 알리고 싶지 않았는데……."

다솔의 눈에서 눈물이 주르륵 흘러내렸다. 나는 눈을 크게 떴다. 내가 읽었던 기억 속의 장면을 다시 떠올렸다. 내 기억에 남아 있는 옥영의 기억 속 장면의 한구석에 어렴풋이 한 여자가 보인다는 것을 뒤늦게 깨달았다.

"당연히 엄마는 펄펄 뛰었지. 당장 신고하겠다고 했어. 근데 내가 말렸어. 그렇게 해서 사과 받고, 그다음은? 난 지금 그때 잘했다고 생각해. 초등학교에서 애들에게 벌주면 얼마나 줬겠어? 내가 그때 그랬어. 그 교실로 돌아가고 싶지도 않으니 제발 도망갈 수 있게 해달라고 빌었어. 그리고 그날 밤에, 엄마가 울었어. 다 자기 때문이라고."

다솔이 어깨를 떨었다.

"내가 얼마나 괴로웠는지 알아? 성형수술 부작용으로 수술대에 세 번이나 더 누웠어! 내가 왜 귀문 고등학교에, 이 끔찍한 동네에 다시 온줄 알아?"

옥영이 눈을 휘둥그레 뜨고 다솔을 보았다.

"중학교 때 성괴라고 괴롭힘 당했어."

성형 괴물. 그날이 생각나는지 다솔의 입술이 파르르 떨렸다. 깨끗한 피부 위로 눈물이 끊임없이 흘러내렸다. 결국 다솔이 울음을 터뜨렸다. 입을 벌리고 꺽꺽, 숨을 몰아 쉬어가며 다솔은 쌓인 한과 서글픔을 함께 터뜨렸다.

못생기면 못생겼다고, 성형을 하면 괴물이라고 괴롭힘을 당했던 다솔의 심정이 절절히 느껴졌다. 그러고 보니 아무도 성형 사실을 모르는 지금 학교에서도 다솔은 '쥐년이'라고 불렸다. 외모를 평가하는 잣대가 얼마나 다솔을 날카롭게 겨냥했는지를 생각하자 마음이 무거웠다.

"널 다시 만났을 때 딱 두 가지 생각이 들더라. 이제는 내가 괴롭혀주겠다는 생각. 그리고 또 하나는."

잠시 말을 멈춘 다솔의 얼굴이 일그러졌다.

"네가 날 알아볼까 봐 두려운 마음."

나뉜 두 개의 마음이 옥영을 괴롭히는 쪽으로 귀결되었다.

옥영은 무릎을 꿇었다. 두 손바닥을 마주 대고 다솔에게 빌었다.

"미안해, 정말 미안해."

용서를 하지도, 더 욕을 하지도 못한 채 다솔은 소리 내어 한참을 울었다.

그 폭풍 같은 시간이 어느 정도 지났을 즈음, 나는 울음이 조금 잦아든 다솔의 어깨에 손을 올렸다. 이미 시야가 꽤 어두워져 있었다.

"괜찮아?"

다솔이 고개를 끄덕이는 것을 보고, 이어 옥영을 부축해 일으켜주었다.

"어떻게 하고 싶니?"

다솔에게 물었다. 잠시 침묵하고 있던 다솔이 고개를 저었다.

"모르겠어요."

나는 고개를 끄덕였다. 이해할 수 있었다. 학교를 졸업하고 옥영과 같은 중학교에 갈까 봐, 부모님이 전학을 시켜주지 않을까 봐, 전학 간 곳에서도 옥영 같은 아이들이 있을까 봐, 얼마나 걱정했을까. 그 걱정의 끝에서 결국 수술대 위에 누웠을 어린 다솔의 외롭고 무서웠던 시간들과 서러움이 금세 사그라질 것 같지는 않았다.

끝내 다솔은 옥영에게 덮어씌우기 위해 드레스를 찢는 일까지 감행했다. 옥영을 왕따로 만들려고 했을 것이다. 옳은 일은 아니었지만, 이 일로 옥영은 많은 것을 깨달았을 것이다. 물론 옥영 역시 또 하나의 피해자였지만, 그렇다고 모든 행동이 용인되지는 않는다.

"용서를 할지 말지는 이제 다솔아, 네 선택이야."

다솔이 고개를 끄덕였다. 나는 말을 이었다.

"하지만 이것 하나만은 말해주고 싶다. 복수를 하겠다고 너를 망치지 말았으면 해. 그건 또다시 널 괴롭힐 뿐이야. 다른 사람을 위해서가 아니라, 너를 위해서."

다솔은 결심한 듯 고개를 들었다. 눈두덩이 잔뜩 부어 있었다.

"드레스에 대해서는 제가 다른 아이들에게 잘 말할게요, 선생님. 옥영이는……."

다솔의 고개가 옥영 쪽으로 향했다. 처분만 기다리듯 고개를 숙인 채로 있던 옥영의 어깨가 흠칫 떨렸다.

"친구로는 지낼 수 없겠지만 더 이상 이런 일은 없을 거예요. 그냥 몰랐던 사이로 지내고 싶어요."

옥영의 눈에서 눈물이 뚝 떨어졌다. 옥영은 두 손으로 얼굴을 가렸다. 어깨가 들썩였다.

나는 고개를 끄덕이면서도 안타까웠다. 하지만 이제 내가 관여할 자리는 없다. 받지 못한 용서를 다시 구해보는 것은 옥영의 몫이고, 그것을 받아들이느냐 마느냐 또한 다솔의 몫이다. 드레스에 관한 문제 역시 다솔이 나리에게 설명해야 할 것이다. 솔직하게 말하든, 아니면 또 다른 거짓말로 둘러대든, 그것 역시 나는 관여하지 않기로 했다.

저 멀리 옥영이 운동장을 가로질러 교문 밖을 빠져나가고 있다. 이따금 신경이 쓰이는지 옥영이 뒤를 흘깃거리며 본다. 몇 걸음 뒤에서 다솔이 걷고 있었다. 하지만 옥영과 눈을 마주칠 생각은 없는 것 같았다.

아이들이 완전히 교문 밖으로 빠져나가는 것을 나는 여전히 옥상에 선 채로 내려다보았다. 이윽고 두 사람이 완전히 시야에서 벗어난 뒤에야 큰 숨을 내쉬며 몸을 돌릴 수 있었다. 그런데 옥상에서 빠져나와 아래층으로 내려가는 계단 위에서 갑자기 어떤 생각이 끼어들었다. 나는 걸음을 우뚝 멈추었다.

내심 마음에 걸리는 것이 하나 있다.

다솔이는 왜 굳이 자신의 드레스를 찢었을까.

어떤 문제를 일으켜 다른 아이들에게 옥영이 범인이라고 생각하게 하려고 했던 것이면 굳이 드레스를 찢는 일이 아니어도 된다. 다른 사람의 물건을 훔쳐서 옥영의 책상이나 사물함에 넣는 일이 훨씬 벌이기 쉬울 것이다. 게다가 드레스를 찢는 것은 그걸 만든 나리에게까지 상처를 입히는 일이기도 하다. 게다가 또 다른 피해자가 있다. 바로 드레스를 입지 못한 자신이다.

나는 축제 당일의 상황을 떠올려 보았다.

드레스를 입기로 했던 또 다른 모델 혜린은 눈이 부시게 예뻤다. 보는 아이들도 헉, 숨을 들이킬 정도였다. 그렇지만 다솔의 드레스가 찢어짐과 동시에 모든 시선은 다 다솔에게로 향했다. 실제로 아이들은 혜린이 무대 위에서 얼마나 빛났는지, 얼마나 잘 해냈는지보다 다솔의 마음을 안 다치게 하고 위로하는 데 더 마음을 쏟았다…….

질투.

다솔이 혜린보다 예쁘지 않아 불만을 터뜨리던 것이 생생하게 떠올랐다. 더 예뻐 보이기 위해 디자인을 바꿔달라고까지 했다. 어린 나이에 세 번이나 성형수술을 했을 만큼 외모에 집착했던 다솔. 모두가 모인 곳에서 리허설 삼아 옷을 갈아입었을 때, 아이들의 관심은 어디로 향했을까? 거기서 다솔이 느꼈던 감정은 뭐였을까? 어떻게 해도 이길 수 없다고 판단했다면, 이어진 다솔의 결정은 무엇이었을까.

나는 그 답을 알 수 없다. 안다 해도 역시 나의 몫은 없다. 나는 다시 교무실을 향해 걸음을 옮겼다.

"아, 맞다."

복도의 창을 통해 무심결에 교문 쪽을 보았던 나는 문득 오늘 낮에 학교에 들어왔던 경찰차를 떠올렸다. 아주 잠깐 찢긴 드레스 때문에 누군가 신고라도 한 건가 착각을 했었다. 그 경찰들은 무엇 때문에 왔을까? 생각하던 나는 다시 고개를 내저었다. 알려고 하지 않을 생각이다. 왜냐하면, 귀찮아지니까.

아무도
모르게

조영주

어디선가 사이렌 소리가 난다. 경찰차와 소방차, 응급차는 모두 사이렌 소리가 다르다. 이건 낯익은 소리다. 경찰차다. 처음 들었을 때의 경험이 강렬했던 탓일까, 다섯 살 때 이후 사이렌 소리의 구별이 가능해졌다. 이 소리를 들을 때마다 생각하고 만다. 내가 살아 있다고 느끼는 순간은 언제일까. 좋아하는 일을 할 때? 친구를 만나 놀 때? 매일 밤 잠들고 무사히 살아남아 다음 날 아무렇지 않게 아침에 일어날 때?

나는, 없다.

헤드폰으로 귀를 막는다. 코라의 선율에 귀를 기울인다. 코라는 아프리카의 악기다. 하프시코드와 같은 선율. 빠른 속주에 귀를 기울이자면 세상 모든 것을 잊을 수 있다.

나는 생각한다. 이것은 운명이다. 오늘 내가 쉬는 것도, 지금 이 순간 코라의 음악에 귀를 기울이는 것도, 다섯 살의 내가 그녀를 만난 것도 모두 운명이다.

고등학교에 입학하고 얼마 지나지 않아 동아리를 정하는 시간이 있었다. 다른 급우들은 쉬는 시간마다 와서 동아리를 홍보하는 선배들의 모습에 들떴지만, 나는 딱 한 가지만 생각했다. 가장 아무것도 안 하는 동아리는 어디인가.

그렇게 고른 동아리는 독서반이었다. 귀문 고등학교 독서반은 부원의 수가 가장 많다. 정확한 인원수까지는 귀찮아서 파악하지 않았지만 학년별로 100명 안팎인 건 분명하다.

독서반에 등록하는 학생들은 대부분 나와 같다. 딱히 큰 의욕이 없는, 매사에 열심히 하고 싶지 않은, 대학 진학만을 목표로 하는 학생들. 나는 나를 포함한 이런 독서반 아이들을 해파리라고 부른다.

해파리는 세계 곳곳에서 다양한 종이 발견된다. 최소 200종 이상 있다는 해파리의 삶은 단순하기 짝이 없다. 느긋하게 부유하다가 뭔가를 먹고 싶다는 생각이 들면 서서히 가라앉는다. 무언가 촉수에 닿으면 독을 쏘아 잡아먹는 것으로 생명을 연장한다.

내가 그렇다. 동아리 활동 시간이 되면 도서관으로 간다. 책장과 책장 사이를 걷는다. 손가락 끝으로 책등을 하나하나 훑는다. 먹이로 삼을 무언가를 신중히 고른다. 가까스로 책을 집어도 끝까지 읽는 법은 없다. 호기심은 덧없다. 지금 이 순간 궁금한 것은 찰나일 뿐, 시간이 지나면 내가 궁금했다는 사실조차 잊는다.

교내에 김민정 학생. 김민정 학생 있으면 교장실로 와주세요.
다시 한번 안내합니다.
교내에 김민정 학생. 김민정 학생 있으면 교장실로 와주세요.

나는 에너지 총량의 법칙을 믿는다. 내가 움직이지 않는 만큼 누군가 이 세상을 위해 에너지를 발산하고 있다. 멋대로 만든 이론이지만 내 주변에서는 이 법칙이 완벽하게 맞아떨어진다. 내 곁엔 날 대신해 세상에 에너지를 쏟아내는 존재, 언니가 있다.

여섯 살 터울 언니 민주는 나와 마찬가지로 귀문 고등학교를 졸업했다. 언니는 재학 당시 신문반이었다. 그때도 지금만큼 쓸데없이 에너지를 낭비하는 타입이었다. 아무도 부탁하지 않았는데도 나서서 몇 가지 사건을 해결했다. 나는 그 모든 과정을 언니에게 몇 번이고 되풀이해 들었다.

그래서 입학식 날 교장실에 불려갔을 때도 크게 당황하지는 않았다. 막연히 언니의 일로 날 불렀겠거니, 그런 언니와 내가 비슷한 캐릭터일 거라고 착각하고 있다면 귀찮게 됐다는 생각 정도만 했을 뿐이었다.

그날, 교장 선생님은 내게 손수 페퍼민트 차를 대접하며 말했다.

"앞으로 가끔 부탁할 일이 생길지도 모르겠군요."

보통 사람이라면 이런 상황에서 어떻게 할까. 교장 선생님의 생각이 틀렸다고 수정해줄까? 혹은 언니에게 이 상황에 대해 물을까?

나는 어느 것도 선택하지 않았다. 선택에는 책임이 뒤따른다. 페퍼민트 차에는 손도 대지 않은 채 적당히 맞장구를 쳤다. 아무래도 좋을 이야기를 나눈 후 배정받은 학급으로 돌아갔다. 그러는 게, 가장 에너지 낭비가 적으니까.

이런 내게도 예외는 있다. 그녀의 '그림자'를 발견하면 참을 수 없는 충동을 느낀다.

'좋아한다'와 '사랑한다'의 차이를 알고 싶다면, 우리 언니의 행동을 관찰하면 된다. 언니는 귀문 고등학교 후문 분식점 골목에 한없는 애증을 품고 있다. 후문 분식점 주인 아줌마가 자신에게 주는 떡볶이의 수가 다른 친구보다 단 하나라도 적으면 그날은 한없는 충격에 빠져 "내가 주인 아줌마에게 뭘 잘못한 거지."를 곱씹고, 하나가 더 많거나 주인 아줌마에게 "학생만 내가 특별히 예뻐해."라는 말을 듣고 군만두 서비스라도 받았다가는 몇 날 며칠 사람들에게 "나는 군만두 받은 여자야!"라고 자랑을 한다.

타 지역에 있는 대학에 진학한 후로도 언니의 후문 분식점 사랑은 멈추지 않았다. 한 달에 한 번 반드시 집에 오는 것도 분식점 순회를 위해서였다. 이번 추석 연휴라고 예외는 없었다. 아무리 내가 추석 연휴에는 문 여는 분식점이 없다고 해도 믿지 않고 날 분식점 골목으로 끌고 갔다. 인증샷을 찍어야 한다며 DSLR 카메라까지 챙겼다.

언니는 대학 입학 선물로 부모님께 DSLR 카메라를 선물 받았다. 본래 언니가 노린 건 아버지가 쓰는 전문가용 DSLR이었다. 아버지는 무시하고 보급형 모델을 사줬다. 아버지는 사진의 프로다. 사진작가는 아니다. 아버지의 직업은 현직 형사, 소속은 과학수사반이다. 아버지는 현장에 가장 먼저 들어간다. 그곳에서 보이는 것을 채집하고 사진을 찍는다.

예상대로 추석 연휴에 문을 연 분식점은 없었다. 언니는 비극의 히로인 같은 태도로 분식점이 문을 닫은 작태에 울분을 토했다. 나는 내가 아는 누군가가 이런 언니를 목격할까 창피해 주변을 한참 두리번거렸다. 그러다 '그림자'를 발견했다.

그녀는 죽어 빛이 되었다. 나는 그녀의 영혼이 세상을 떠나지 못했다고 믿는다. 그녀의 영혼은 세상을 부유하며 가끔 자신의 그림자를 길게 늘어뜨린다. 그녀의 그림자가 닿은 인간은 남녀노소 상관없이 그녀와 닮은꼴이 된다. 나는 그들에게 '그림자'라는 별명을 붙이고 관찰한다. 그들의 행복을 확인해야만 안심한다. 이 일에는 불문율이 있다. 나는 결코 그림자의 눈에 띄어서는 안 된다.

이번 그림자는 달랐다. 내가 아니라 그림자가 날 발견한 게 아닐까 싶은 착각이 들 정도로 그림자는 나를 똑바로 바라보고 있었다.

청순하다는 말이 잘 어울릴 20대 여자. 어깨까지 오는 머리에 아몬드형 눈동자가 잘 어울린다. 도톰하면서도 살짝 입꼬리가 올라간 입술이 묘하게 매력적이다. 키가 크다. 나와 비슷하다.

내 키는 176센티다. 초등학생 때부터 키가 컸다. 중학교에 진학할 때에도 이 키는 한눈에 띄었다. 체육 선생님들이 농구와 배구 등 각종 구기 종목을 하라고 날 귀찮게 했다. 나는 어떤 제안도 받아들이지 않았다. 고등학교에 진학한 후로도 운동할 생각은 없었다.

그런 내가 태권도를 시작했다. 대련할 때 신경 쓰여서 허리까지 길렀던 머리를 숏컷으로 잘랐다. 내가 불쑥 머리를 자르고 집에 돌아왔을 때 언니와 엄마는 비명을 질렀고, 아버지는 나를 따로 불러 용돈이 필요하냐고 물었다.

"갑자기 무슨 용돈 타령이에요."

"그럼 왜 잘랐는데."

"태권도에 방해가 돼서."

내 말에 아버지는 살짝 웃었다. 매사에 의욕이 없는 내가 스스로 무언가를 결정했다는 사실이 기쁜 모양이었다.

태권도장은 아버지의 지인이 운영했다. 이곳은 은퇴한 형사 OB가 연 곳으로, 가벼운 마음으로 등록하는 이는 드물었다. 내 대련 상대 역시 대부분 경찰대나 체대를 지원했다.

그대로 대화가 끝났으면 했다. 하지만 아버지는 한 번 더 물었다.

"정말이지?"

아버지는 나만큼 에너지 소비가 적은 사람이다. 그런 아버지가 확인을 하기 위해 같은 질문을 다시 하다니.

"태권도에 진심일 뿐이라니깐요."

나는 조금 더 힘을 주어 말했다. 통하지 않은 것 같았다. 아버지는 사건 현장에 출동해 감식을 할 때 저럴까 싶은 진지한 눈빛으로 나를 바라보았다.

어쩌면 아버지는 내가 모든 것을 알았다는 사실을 눈치챘을지도 모른다. 그래서 내가 아빠를 아버지라고 부르게 되었다는 사실도 알아챘을지 모른다.

2009년 10월 31일, 아버지는 그녀가 '발견된' 현장에 처음 들어간 경찰 중 한 명이었으니까.

"서애리……."

언니가 보인 뜻밖의 행동이 내 상념을 방해했다. 분식점에 대한 애증을 표하던 언니가 어느새 애리라 부른 여자의 사진을 찍고 있었다. 나는 거친 손놀림으로 카메라를 빼앗았다.

"대학에서 뭘 배웠냐? 초상권 침해 몰라?"

평소 나는 에너지 낭비가 딱 질색이다 보니 언니의 행동을 제재하는 법이 없다. 그런 내가 언니에게 딱 잘라 싫은 소리를 하다니, 나답지 않은 행동이었다.

언니는 나보다 더 놀랐다. 서둘러 카메라를 손에서 내려놓으며 "본능적으로 그랬다."고 변명했다.

교내에 김민정 학생. 김민정 학생 있으면 교장실로 와주세요.

다시 한번 안내합니다.

교내에 김민정 학생. 김민정 학생 있으면 교장실로 와주세요.

"김민정, 방송 안 들려!"

누군가 내 헤드폰을 벗겼다. 이름까지는 기억하지 못하지만 언니의 무용담에 자주 등장하는 여자 선생님이었다.

"아아, 선생님."

나는 느릿느릿하게 대꾸하며 천천히 벤치에서 몸을 일으켰다.

"오늘 경찰차 왔다 갔어. 학교가 뒤숭숭해. 그러니 바로 교장실 GO! 딴 데 새면 OUT!"

"에이, 왜 그러실까. 저랑 언니랑 다른 거 아시면서."

이 말에 선생님은 피식 웃더니 안심한 표정으로 고개를 끄덕였다. 나도 미소로 화답한 후 고개를 끄덕였다. 귀찮게 됐다고 생각하며 학교 건물로 향했다.

한 걸음 내디딜 때마다 축제에 대한 기대와 흥분, 부산스러움을 느꼈다. 건물 안 역시 마찬가지였다. 중앙 현관 로비에 들어서자 각 동아리들이 주최하는 행사를 알리는 조악한 포스터를 발견할 수 있었다.

1층 중앙 현관엔 1회 졸업생들이 첫 동창회를 했을 때 기증한 전면 거울이 놓여 있다. 이 거울은 유용하다. 급하게 등교하다가도 거울 속 자신과 마주치면 무심코 스스로를 챙기고 만다. 나 역시 이 거울을 모른 척 지나치는 법이 없다. 오늘도 나는 거울에 비친 내 모습을 확인했다.

언제 봐도 어딘지 모르게 우울한 내 얼굴. 운명을 깨달은 후 나는 늘 이런 표정을 짓게 되었다. 그런 얼굴에 맞춰 옷차림도 변했다. 중학생 때까지는 치마 교복을 입었지만 고등학교에 올라가며 바지 교복을 골랐다. 키가 크다 보니 가끔 남학생으로 오해받아 여학생들에게 러브레터를 받은 적도 있었다.

이제 이 모습과도 내일이면 안녕이다. 내 운명은 바뀌지 않는다. 계시는 없었다. 나는 아무도 모르게 준비한 계획을 떠올리며 쓸쓸하게 웃었다. 거울 속 나도 이런 나를 마주 보며 웃었다. 그 웃음에는 비장감이 서려 있었다.

교장실은 왼편 복도로 꺾어 들어가 바로 보이는 행정실 옆이다. 노크를 두 번 하자 낯익은 목소리가 교장실 안쪽에서 났다.

"들어와요."

문을 열자마자 페퍼민트 차 향이 났다. 입학식 날 호출을 받았을 때에도 그랬다. 교장 선생님은 당연하다는 듯 또 페퍼민트 차를 대접했다. 언니가 페퍼민트 차를 좋아하니 나 역시 그러리라 여겼으리라. 사실 나는 페퍼민트 차를 좋아하지 않는다. 개성이 강한 차는 질색이다. 그보다는 은은한 캐모마일이 좋다.

교장 선생님과 다기 세트를 마주 보고 앉았다. 얼마 지나지 않아 교장 선생님이 입을 열었다.

"부탁할 일이 하나 있는데……."

나는 여전히 페퍼민트 차에 손을 대지 않았다. 이야기도 듣지 않았다. 내 머릿속은 다시 그녀 생각으로 돌아갔다.

그녀가 죽던 날, 나는 공원에서 다른 친구들과 함께 그네를 타고 있었다. 그런 내게 어떤 중년 남자가 다가왔다. 남자는 초등학생인 딸을 찾고 있다며 사진을 보여줬다. 남자와 초등학생으로 보이는 여자애가 함께 찍은 사진이었다. 다정한 부녀의 모습이었다.

못 봤다고 하자, 남자는 자신과 함께 딸을 찾아주지 않겠냐고 물었다. 선뜻 그러마 했다. 남을 돕는 일은 좋은 일이라고 부모님께 배웠다. 그렇게 남자를 따라 딸을 찾기 위해 공원을 나섰다가 그녀와 마주쳤다.

그녀는 도복 차림이었다. 태권도장에 가는 중이었다. 처음엔 나와 남자를 보고 지나쳤지만, 곧 돌아왔다. "저기 잠깐만요." 하고 나와 남자를 불러 세운 후 물었다.

"너 혹시, 김재권 형사님 딸 아니니?"

이 순간, 그녀와 나의 운명이 정해졌다.

"우리 아빠 알아요?"

"당연히 알지. 너네 아버지 우리 도장 다니시잖아."

그러더니 그녀는 바로 남자에게 말을 걸었다.

"아저씨 누구세요?"

남자는 전혀 당황한 내색을 하지 않고 아까 했던 말을 그대로 되풀이했다. 품에서 사진을 꺼내 보이는 것도 잊지 않았다. 남자의 이야기를 끝까지 들은 후 그녀는 나와 함께 남자의 딸을 찾아주었다.

얼마나 오랜 시간 남자의 딸을 함께 찾아주었는지까지는 기억나지 않는다. 정신을 차려보니 나는 혼자였다. 나는 둘이 나를 두고 갔구나, 남자가 딸을 찾았으면 좋겠다고 생각하며 집으로 돌아왔다.

일주일 후 낯선 형사가 우리 집으로 찾아왔다. 내게 그녀의 사진을 보이며 만난 적이 있느냐고 물었다. 그렇다고 말한 후 당시 상황을 설명하자 낯빛이 변했다.

"혹시 그 남자 얼굴 기억하니?"

기억한다고 하자 형사는 내게 자신을 도와달라고 말했다. 나는 그에게 내가 본 얼굴을 이야기했다. 내 설명에 따라 한 남자의 몽타주가 그려졌다.

며칠 후, 한 남자가 검거되었다. 나는 아버지의 손을 잡고 경찰서로 갔다. 잡힌 남자가 동일인인가 확인했다. 그렇다고 하자 형사는 내 머리를 쓰다듬으며 말했다.

"너는 정말 좋은 일을 한 거란다."

남자는 사형을 언고 받았다. 나는 법정에 서지 않았다. 내 증언보다 훨씬 법적 효력이 높은 증거물이 다수 발견된 덕이다.

현재 남자는 사형수로 수감 중이다. 모범수다. 그림에 특히 뛰어난 재능이 있다. 남자는 고흐처럼 자화상을 그린다. 교도관들 중에는 그런 남자의 그림을 선물 받은 이도 많다. 이 모든 사실은 중학생이 된 후 인터넷을 뒤져 알아냈다.

이것이 내 유년기의 가장 강렬한 기억이다. 어린 나는 형사의 말을 믿었다. 내가 좋은 일을 했다는 믿음이 깨진 건 중학교에 들어간 후의 일이다.

중학교에 들어가 첫 짝꿍이 된 현정이는 무척이나 호기심이 많은 아이였다. 특히 미스터리 소설을 좋아해 여러 이야기를 들려주었다.

그러던 어느 날, 쉬는 시간이었다. 왜 그 이야기가 나왔는지까지는 기억나지 않지만, 어쩌다 보니 나는 현정이에게 몇 번이고 되풀이한 무용담을 들려주고 있었다. 보통 이러면 "대단하다.", "넌 참 정의롭다."라는 대답이 돌아올 텐데 현정이의 반응이 남달랐다.

"그럼 그 언니는 너 때문에 죽은 거야?"

현정은 마치 내가 범죄자인 것처럼 말했다. 내가 "왜 이야기가 그렇게 돼?"라고 묻자 덧붙였다.

"피에로 연쇄살인마의 타깃은 늘 10대 소녀였으니까. 너는 대상이 아니었으니까. 살인마가 한 이야기는 사실이었을지도 몰라. 정말 딸을 찾고 있었던 걸 수도 있어. 그때, 그 언니가 끼어드는 바람에 충동적으로 범죄가 일어난 건 아닐까?"

나는 현정의 말을 단번에 이해할 수 없었다. 혼란스러웠다. 수업이 시작됐다. 수학 시간이었다. 칠판에 쓰이는 숫자와 공식에 집중할 수 없었다. 나는 당시 사건에 대해 자세한 조사를 한 적이 한 번도 없었다. 그러고 보니 이상했다. 사건에 직접적으로 개입했던 아버지도, 수다쟁이 언니도 단 한 번도 사건에 대해 다시 이야기하지 않았다.

현정의 말이 사실인 건 아닐까. 그때, 그 언니가 나 대신 아저씨를 돕겠다고 나섰기에 사건이 일어난 것일 수도, 내가 운 좋게 살아남은 걸 수도, 그래서 가족들이 말을 삼가는 것은 아닐까.

……아니, 잠깐만. 그때 만약 살인자가 잡히지 않았다면 어떻게 됐을까. 살인자는 입막음을 하기 위해 나를 찾아냈을지도 모른다. 우리 언니가 나 대신 다음 피해자로 점 찍혔을지도 모른다. 당시 언니는 열한 살이었으니까.

아니, 어쩌면.

살인자는 우리 식구 모두를 죽이려 들었을지도 모른다.

속이 메슥거렸다. 오바이트가 쏠렸다. 수업을 하다 말고 벌떡 일어나 교실을 뛰쳐나갔다. 화장실에 가서 다 토했다. 놀란 선생님이 따라왔다. 괜찮냐는 질문에 답할 수 없었다. 실신해버렸다.

깨어났을 때는 병실이었다. 천장의 의미 없이 반복되는 패턴을 보며 깨달았다. 죽은 그녀는 저 천장을 볼 수 없다는 사실을.

사흘간 병원에 입원했다. 언니가 심심하겠다며 스마트폰이며 태블릿, 노트북 등을 갖다 줬다. 원 없이 사건을 조사할 수 있었다. 현정의 말은 옳았다. 살인마의 타깃은 10대 여성이었다. 사건 당시 다섯 살이었던 나는 살인마의 타깃 범위가 아니었다.

그때 남자는 정말 딸을 찾고 있었을지도 모른다. 그러다가 그녀를 발견하고 살인마로 돌변한 것일지도 모른다. 그렇다면 그녀는 죽을 필요가 없었던 거잖아. 나 때문에 죽은 거잖아. 내가 무슨 짓을 한 걸까. 잔인해. 너무 잔인한 운명이야.

이날 처음 운명에 대해 생각했다. 왜 나에겐 이렇게 잔인한 운명이 주어진 걸까. 내가 불쌍했다. 그녀가 불쌍했다. 우리 모두가 불쌍했다. 사흘 내내 병실에서 숨죽여 울었다. 가족이 병문안을 왔을 때엔 피곤해서 자야겠다며 이불을 뒤집어쓰고 울었고, 밤에는 아무도 없으니 안심하고 울었다. 끊임없이 같은 말만 반복했다. 미안해요. 내가 살고 언니가 죽어서 미안해요. 이런 운명에 빠져서 미안해요.

해파리에 대해 알게 된 건 이즈음이었다. 가족 중 누군가 병문안을 왔을 때 별 생각 없이 텔레비전을 틀어놓았다. 나는 가족들의 대화를 듣지 않고 또 그녀 생각만 하고 있었다. 그런 내게 텔레비전의 내레이션이 귀에 쏙 들어왔다.

"해파리는 바다를 부유합니다. 우연히 먹잇감을 발견하면 독을 쏘아 마비시켜 잡아먹습니다."

잔인한 운명. 잔인한 해파리. 내가 꼭 그 해파리 같았다. 단지 살아 있기 위해 타인에게 독을 쏘는, 살아 있는 의미가 없는 인간.

그녀를 알고 싶어졌다. 공부를 시작했다. 2009년, 버락 오바마가 대통령에 선출되었다. 신종 플루가 유행했다. 노무현 대통령이 자살했다. 일회용 교통카드가 정식으로 도입되면서 7월부터 지하철 개찰구 구멍에 표를 꽂는 일이 없어졌다. 5만원권 지폐가 도입되었다. 그해 10월까지 우리나라엔 스마트폰이 존재하지 않았다. 그녀는 스마트폰이 존재하지 않았던 해의 마지막 날, 죽었다.

그녀의 장래희망은 경찰이었다. 숏컷에 중성적인 외모였다. 168센티, 키가 큰 편이었다. 이성과 동성 모두에게 인기가 많았다. 어렸을 때 심하게 넘어져 생긴 흉터가 무릎에 있다. 무남독녀였다. 그녀의 아버지는 평범한 회사원이다. 2007년 금융위기 때 주식으로 큰 손해를 봤다. 어머니가 그런 아버지의 빚을 갚으려고 보험 영업을 잠시 뛰었다. 몇 년 사이 가족 간의 불화가 있었다. 2009년은 빚을 모두 갚아 삐걱거리던 가족 간의 사이가 무척 좋아진 해였다.

그녀의 생일은 12월 4일이다. 죽지 않았다면 가족이 모두 함께 17세의 생일을 축하했겠지만 2009년 그해, 그녀의 생일은 가족이 함께 슬퍼하는 날이 됐다. 그녀의 부모는 이듬해 이혼했다. 원인은 흔한 성격 갈등이라고 하지만, 나는 그녀의 죽음을 이겨내지 못한 게 아니었을까 생각한다.

그녀가 살아 있었다면 그녀의 부모는 이혼하지 않았을지도 모른다. 그녀는 경찰대학에 진학했을지도 모른다. 사귀는 사람이 생겼을지도 모른다. 올해 12월 4일, 그녀의 생일에 남자친구를 데리고 집으로 왔을지도 모른다. 하지만 그 모든 일은 일어날 수 없다. 그녀는 죽었다.

그녀의 아버지는 재혼하지 않았다. 그녀보다 나이가 두 살 많은 남자아이를 키우는 여자와 동거 중이다. 나는 그들 모두에게서 그녀의 '그림자'를 발견했다. 어머니는 보험을 하다 만난 고객과 재혼해 그녀의 배다른 동생을 낳았다. 그들에게도 그녀의 '그림자'는 깃들어 있었다.

그들의 행복을 바라는 것만이 나의 일상이 되었다. 그들이 행복하면 나도 조금 더 살아도 될 것 같았다. 그들이 불행하다면, 나는 역시 살면 안 될 것 같았다. 그것이 나의 운명이었다. 그렇게 내가 발견한 '그림자'는 모두 그녀의 가족이었다.

서애리는 달랐다. 그녀와 무관했는데도 훨씬 닮은꼴이었다. 나는 생각했다. 이것이야말로 운명적인 만남일지도 몰라. 서애리야말로 내게 계시를……,

"……애리 씨를 에스코트해줬으면 좋겠어요."

교장 선생님의 입에서 뜻밖의 이름이 나왔다. 나는 혼자만의 생각에서 벗어나 교장 선생님과 시선을 마주쳤다.

"김애리 씨는 '안전상'의 이유로 김민정 학생을 꼭 만나게 해달라고 요청을 해왔습니다. 평소라면 이런 요청을 받아들이지 않습니다만, 이번에는 김민주 졸업생의 간곡한 부탁도 있었기에 예외로 그 청을 받아들였습니다."

안전상이라는 단어에 교장 선생님은 유달리 힘을 주었다. 하지만 그보다 더 마음에 걸리는 건 애리라는 이름이었다.

애리는 흔한 이름이 아니다. 한 달이 조금 넘는 기간 사이에 두 명의 애리가 나타나는 일이, 그 둘이 모두 언니와 관련이 있는 일이 그렇게 흔할 수 있을까? 추석 연휴, 나는 언니와 함께 서애리를 목격했다. 그 언니가 김애리와 나를 만나게 해주고 싶어 한다.

교장실 문을 두드리는 소리가 났다.

"아, 김애리 씨가 돌아왔나 보네요."

교장 선생님이 말했다.

"김민정 학생이 도통 오지 않기에 선생님께 부탁해 교내를 한 바퀴 돌고 왔습니다. 혹시 학생과 마주친다면 자연스레 인사를 시킬까 했죠."

문이 열렸다. 김애리가 들어왔다. 긴 머리에 아몬드형 눈동자, 도톰하면서도 입꼬리가 살짝 올라간 입술, 한쪽 눈으로는 나를 바라보면서도 다른 한 눈으로는 교장 선생님을 바라보는……. 서애리였다. 내가 한 달이 넘게 찾아 헤맨 서애리가 김애리란 이름으로 내 앞에 나타났다.

이 순간, 나는 운명의 수레바퀴가 구르기 시작한 것을 느꼈다.

지난 3년간, 그녀의 '그림자'들을 관찰하다가 깨달은 것 중 하나는 눈에서 행복이 드러난다는 사실이다. 행복한 사람은 눈이 따뜻하다. 사람과 시선을 마주치는 걸 두려워하지 않는다.

애리의 눈은 이 법칙에서 절묘하게 벗어나 있었다. 애리의 한쪽 눈은 너무나 따뜻했지만, 다른 쪽은 차갑기 짝이 없었다. 행복과 불행이 동시에 깃든 두 눈동자에서 나는 언젠가 본 고양이의 오드아이를 떠올렸다.

나는 애리와 눈을 마주치려고 안간힘을 썼다. 애리의 행복을 확신하고 싶었다. 그러다가 벽에 부딪쳤다. 마주 오던 선생님과 부딪쳤다. 심지어 도서관에 도착했을 때엔 문을 열다가 내가 내 다리에 걸렸다. 그대로 고꾸라지는 내 팔을 애리가 힘껏 붙잡아 멈춰 세웠다. 다른 한 손으로 내 허리를 꽉 끌어안는 바람에 로맨스 영화에서나 볼 법한 포즈, 얼결에 애리에게 안긴 꼴이 됐다. 이런 내게 애리는 처음으로 양 눈 모두 나를 바라보며 말했다.

"나 말고, 앞을 보고 걸어요."

나는 이번에야말로 무언가를 느낄 수 있을지도 모른다는 생각으로 애리의 두 눈을 마주 보았다. 하지만 애리의 두 눈에서는 그 어떤 운명의 계시도 느낄 수 없었다.

"하여튼 이상해. 김민주랑 똑같아."

애리가 나를 일으켜 세웠다. 도서관 문을 열고 먼저 들어가며 말했다.

"우리 언니랑 아세요?"

"학교 같이 다녔어요. 2학년 초까지, 딱히 대화를 한 적은 없지만 우리 둘 다 어떤 의미로 유명인이었거든. 그때까지 나는 서애리였죠. 후에 엄마가 재혼해서 성이 바뀌었어. 아, 그건 알고 있지? 추석 때 우연히 마주쳤잖아. 김민주가 날 알아봤지. 내 유일한 친구 해환의 집에 다녀오던 길이었어. 정확히 말하자면 예전에 친구였던 아이. 아냐, 아직 친구일지도 몰라. 나는 그렇게 생각하는데. 만났다가 아니라고 할까 봐 무서워서 초인종을 누를 수 없었어. 그러다가 민주와 민정 씨를 만난 거야. 민정 씨 얼굴을 보고 얼마나 놀랐는지 몰라. 왜 놀랐을 것 같아?"

나는 갑작스레 쏟아진 말과 연이은 질문에 당황했다. 무어라고 대꾸해야 할지 몰라 애리의 말을 곱씹는 사이, 애리가 다시 입을 열었다.

"왜 놀랐냐고 물어봐야죠?"

애리는 성격이 급했다. 내가 말까지 더듬으며 왜 놀랐냐고 물어보자, 다시 말을 쏟아냈다.

"예전에 그런 말을 들었어. 책에서 읽었을지도 몰라요. 읽었다면 해환의 집 서재에서였을 거예요. 해환의 아버지는 대학 교수예요. 이 도서관만큼 책이 많아요. 특히 괴테의 책이 많아. 그래서 나는 해환이한테 『젊은 베르테르의 슬픔』을 선물했어요. 정확한 출처는 알 수 없어요. 하지만 이건 확실해. 세상엔 나랑 똑같이 생긴 사람이 세 명 있대. 민정 씨를 보는 순간 생각했어. 민정 씨가 바로 그 나와 똑같이 생긴 사람일 거라고. 나는 집요해. 민정 씨의 일거수일투족을 조사했어. 민주한테 연락했어. 태권도장에도 갔었어. 민정 씨 부모님, 어린 시절 친구들, 학교 선생님, 그 모든 사람을 만났어. 이제 나는 민정 씨의 모든 것을 알아."

애리가 쏟아내는 횡설수설. 애리가 했다는 일들. 그건 내가 지난 3년간 '그림자'들에게 해온 일과 정확히 같았다. 하지만 왜 그렇게까지 나에 대해 알고 싶어하는 걸까.

내가 그녀와 그림자들에게 집착하는 건 죄책감의 발로다. 그들의 행복을 확인하고 좀 더 살아도 된다는 허락을 받고 싶어서다. 하지만 애리와 나는 그런 접점이 없다. 그런데 대체 왜?

"헤르만 헤세!"

애리는 어느새 책장 앞에 서서 책을 뽑아 들고 있었다. 『싯다르타』를 손에 든 애리는 내가 묻지도 않은 이야기를 또 시작했다.

"나는 해환이랑 반드시 유럽 여행을 갈 거야. 그래서 그 전에 먼저 답사를 했어요. 언젠가 스위스에 간 적이 있었죠. 헤르만 헤세의 성묘를 하기 위해서였죠. 고흐 미술관에 간 적도 있었죠. 해환이와 약속했거든. 고흐 미술관은 사람이 너무 많았어. 인파 탓에 제대로 그림을 볼 수 없을 수준이었어. 기념품을 사서 나왔어. 해환이한테 줄 선물이야. 헤르만 헤세가 글을 썼던 책상 앞에서 사진을 찍었어요. 그것도 해환이한테 줄 거야. 나

말고도 사람들이 많은 사진을 찍었죠."

애리는 밑도 끝도 없이 해환의 이야기를 쏟아냈다. 왜 해환이란 사람이 이야기에 자꾸 등장하는지 알 수 없었다. 아무래도 애리는 상대와 상관없이 자신이 하고 싶은 말만 하는 것 같았다. 나는 질렸다. 처음 애리를 보았을 때 느꼈던 신비함, 그녀의 그림자일지도 모른다는 기대는 산산조각 났다. 내 앞에 나타난 애리는 그녀와 전혀 닮지 않았다. 그녀가 이런 수다쟁이였을 리 없다. 내 운명과 접점이 있을 리 없다.

"헤세의 산책로를 따라 걸었어요. 고흐는 평생 고갱에게 편지를 썼을 거예요. 용서해달라고. 민정 씨가 지난 3년간 그래왔듯이 아무도 모르게 고갱을 스토킹했을지도 모르지. 민정 씨는 2009년 일어난 피에로 연쇄살인마의 마지막 목격자예요. 그 살인마는 민정 씨에게 한 장의 사진을 보여줬어요. 사진 속 딸을 찾아달라고 부탁하며 접근했죠. 민정 씨를 우연히 발견하고 도와주겠다고 나선 소녀가 마지막 피해자가 됐죠. 민정 씨는 남자의 몽타주를 그렸고, 지목했어요. 기억해요? 그 사진 속 남자의 딸의 얼굴이?"

갑작스레 내 이야기가 나왔다. 나는 대답할 수 없었다. 애리의 두 눈, 나를 똑바로 바라보는 저 눈에서 시선을 뗄 수 없었다. 애리는 나를 마비시켰다. 해파리가 독을 쏘아 먹잇감을 사로잡듯이 말을 쏟아냈다.

"넋 놓고 있지 마. 질문에 대답해."

갑작스레 쏘아붙이는 말투. 그 말투에 나는 오한을 느꼈다. 가까스로 입을 열어 대답했다.

"기억나지 않습니다."

"정말 기억이 안 나요?"

갑자기, 애리가 내게 한 걸음 다가왔다.

"기억나지 않습니다."

"말도 안 돼. 진짜?"

애리가 한 걸음 더 다가왔다. 애리가 다가올수록 추웠다. 점점 겁에 질렸다. 뒷걸음치고 싶었다. 하지만 우리는 책장과 책장 사이에 서 있었다. 도망칠 공간은 없었다. 이제 나와 애리는 얼굴이 닿을 듯 가까운 거리였다.

"이래도?"

애리가 입을 열었다. 입김이 차가웠다. 그건 내가 상상해온 죽음과 꼭 닮은 한기를 품고 있었다. 그런 애리가 꺼낸 낡은 사진이 지나치게 낯이 익었다.

이건, 남자가 내게 보여줬던 사진이다.

"똑바로 잘 들여다봐."

나는 명령에 복종했다. 사진 속 남자와 소녀를 새삼 찬찬히

훑었다. 내가 잊고 있었던 사진 속 소녀는 아몬드형의 눈동자에 단발머리였다. 한쪽 눈은 멀리 어딘가를 바라보지만 다른 한쪽 눈은 정면을 응시하는…….

"당신이에요?"

오늘, 학교에 경찰차가 왔다. 축제 날에 별일이라고 생각했다. 교장 선생님은 '안전상'의 문제를 걱정했다.

그건 어쩌면, 애리 때문일지도 모른다.

"이 사람이, 당신이에요? 당신이 그 살인마의 딸이라고?"

그제야 알았다. 왜 애리가 낯익었는지. 왜 애리에게서 누구보다 짙게 그녀의 그림자를 발견했는지.

착각이었다. 그녀와 닮아서가 아니라 애리의 얼굴이 낯익어서였다.

"맞아요. 내가 그 사이코패스의 딸이야."

다리에 힘이 풀렸다. 책장에 등을 기댄 채 천천히 바닥에 주저앉았다.

나를 내려다보는 애리의 실루엣은 역광이었다. 애리의 얼굴에 어둠이 깃들었다. 나는 그 어둠의 그림자에 짓눌려 한 가지 생각만 반복했다.

왜 날 찾아왔지?

왜 하필 오늘 날 만나고 싶어졌지?

갑자기, 애리가 쏟아낸 횡설수설 중 몇몇 토막이 떠올랐다. 민정 씨를 관찰했어. 민정 씨의 일거수일투족을 조사했어. 이제 나는 민정 씨의 모든 것을 알아. 설마.

"아버지는 그림을 그린다고 해요. 고흐처럼 자화상을 그린다고 해요. 단 한 번도 타인의 얼굴은 그리지 않아요. 그릴 수 없기 때문이에요. 타인을 기억하지 않기 때문이에요. 아버지는 자신을 제외한 타인은 인간 취급하지 않아요. 아버지가 기억하는 건 매일 거울로 들여다보는 자신의 얼굴뿐이에요. 아버지는 아무것도 뉘우치지 않아요. 뉘우칠 수 없기 때문이에요. 자신이 죽인 이들을 기억하지 않으니까. 민정 씨 당신과는 달라요. 그녀가 죽은 건 당신 탓이 아니에요. 더 이상 그 남자의 피해자를 늘여서는 안 돼요."

날 죽이려고 왔나? 아버지를 잡히게 한 복수를 하려고?

"해환이와 친구가 되기 전까지, 나는 늘 생각했어요. 내가 살아도 되는 인간일까. 아버지가 살인마인데 나도 살인마이면 어쩌지. 타인에게 해를 끼치면 어쩌지. 그렇다면 나는 차라리 죽는 게 낫지 않을까. 계시를 얻고 싶었어요. 누군가 내게 살아도 좋다는 허락을 해주길 간절히 기도했어요."

나는 주변을 두리번거렸다. 무언가 무기가 필요했다. 적어도 '오늘'은 죽을 수 없었다.

"그런 기적은 일어나지 않았어요. 결국 엉망진창이 되고 말았지. 나는 해환이를 잃었어. 하지만 나는 아직도 해환이를 사랑해. 해환이가 내 이야기를 들어주던 순간순간을 기억해. 별것 아닌 이야기에 맞장구치던 나날을 매일 떠올려. 해환이는 내 친구야. 분명해. 어느 순간 나는 알았어."

죽으려면 내일, 그녀가 죽은 17세의 핼러윈이어야 한다.

"어쩌면 이런 게 살아 있다는 감각일지도 모른다고. 사는 건 늘 괴롭지만, 그럼에도 불구하고 행복했던 날들의 파편에 힘을 얻어 그저 버티는 것이 삶일지도 모른다고."

그녀가 내 탓에 죽었다는 사실을 깨달았을 때 결심했다. 그녀보다 오래 살지 않겠다. 그녀가 죽은 날, 나도 죽겠다.

"버티지 않으면, 내가 해환이보다 먼저 죽으면, 내 죽음을 안 해환이는 슬퍼질 테니까 버텨야 한다고."

나는 그 누구에게도 이 이야기를 한 적이 없다. 이런 고통도, 번민도 모두 내 운명이니까.

"그러니 당신도 살아요. 죽으면 안 돼요."

"복수라도 하러 왔나 했더니······."

나는 어이가 없어 웃었다.

"처음 당신이 그 살인마의 딸이라고 말했을 때는 솔직히 좀 놀랐어. 사이코패스의 딸이니 사이코패스인가 했어. 날 죽이러

133

왔나 했지. 하지만 듣다 보니 그냥 웃겨. 나를 살리고 싶다고? 뭐, 탐정이라도 된 기분이야? 우연히 내가 비관론에 사로잡힌 걸 알고 도와주고 싶었나? 당신 이야기는 딱해. 그 살인마의 딸이라니 어지간히 힘들게 살았겠지. 하지만 그 이야기를 들은 내가 어느 부분에서 공감해야 할지 모르겠어. 그래서 나는 죽어야 해. 그녀가 죽은 날보다 더는 살지 않아야 하는 게 내 운명이니까."

그녀가 나 때문에 죽었다는 사실을 깨달은 후 늘 생각했다. 그날, 나는 죽을 운명이었다. 어쩌면 그 운명에 거슬렀기에 그녀가 대신 죽었을지도 모른다. 분명 어렸을 때 본 영화 중에도 그런 설정이 있었다.

애리가 웃었다. 한 손을 내게 뻗었다. 말귀를 알아들은 것 같았다. 내 속마음을 이해하고, 나의 죽음을 돕고 싶어 하는 줄 알았다. 생각해보니 이것도 '멋진 일'이다. 죽기 하루 전, 나를 이런 운명에 빠뜨린 연쇄살인마의 딸과 대화를 나누다니.

"너 그 사람 유족한테 그렇게 말할 수 있어?"

그런데 애리의 손이 향하는 곳이 예상과 달랐다. 내 손이 아닌, 내 목이었다. 내 목을 한 손으로 그러쥐고는 무서운 힘으로 날 일으켜 세웠다. 나는 애리의 힘에 저항하려고 버둥거렸다. 가까스로 애리를 밀쳤다. 애리는 아랑곳하지 않고 또 물었다.

"죽은 그녀가 힘들까, 네가 더 힘들까."

애리가 반대쪽 책장에 부딪쳤다. 반동으로 책장이 심하게 흔들리며 책들이 쓰러졌다. 애리는 아랑곳하지 않았다. 다시 내게 달려들었다. 감정 없는 얼굴로 인정사정없이 내 얼굴에 주먹을 내리꽂더니 말했다.

"대답해."

"그녀가 더 힘들겠지."

나는 가까스로 목소리를 쥐어 짜냈다.

"틀렸어."

애리는 가차 없이 내 얼굴에 주먹을 꽂더니 말했다.

"그녀는 힘들 수조차 없어. 죽었으니까. 아무것도 아닌 존재가 됐으니까. 넌 살았어. 그런데 죽겠다는 생각을 해? 운명을 핑계로 대? 웃기는 소리 하지 마. 운명 같은 건 평범하게 행복에 겨운 인간들이 할 수 있는 건방진 소리다. 버텨라."

애리의 주먹은 너무 셌다. 나는 정신이 혼미했다. 그런 내게 애리는 여전히 표정 없이 말을 쏟아냈다.

"나는 살인마의 딸로 태어났어야 할 운명이니? 그녀는 열일곱 살에 우리 아버지에게 강간당해 죽을 운명으로 태어났니?"

애리는 주먹질을 멈추지 않았다.

"버텨."

나는 정신이 아득해졌다.

"살인마의 딸로 태어난 나는 버티고 있어. 아버지의 죄를 늘 등에 이고 평생 속죄할 거야."

한 대, 한 대 맞을 때마다 주변이 어두웠다. 어쩐지 그건 내가 상상한 죽음과 닮은꼴이었다.

"누구나 자신의 죄가 있다. 다들 자신만의 죄를 가슴에 지고 그저 버티고 있다. 버텨. 두 발로 버텨. 꼿꼿이 서. 살아남아. 안 그러면 내가 널 죽일 테다."

애리는 여전히 표정이 없었다. 이젠 관성적으로 주먹질을 하고 있는 것도 같았다. 그것이 내가 눈을 감기 전 마지막으로 기억하는 애리의 얼굴이다.

한 시간 후, 만신창이가 된 나를 도서관 사서 선생님이 발견했다고 한다. 도서관 사서 선생님은 응급차를 불렀다. 그렇게 축제 날 학교에 두 번째 사이렌이 울렸다.

"학교에 경찰차까지 왔었다며! 대체 이게 무슨 난리야!"

소식을 듣고 놀란 언니가 병원으로 날 찾아왔다. 나는 약간 여유가 생겨 웃으며 대꾸했다.

"아니, 그 경찰차는 나 때문에 온 거 아닌데. 나는 응급차인데."

"내가 미쳤지! 내가 미쳤다고 너한테 사패를 보내다니 내가 미쳤어! 서애리가 갑자기 내 앞에 나타나서는 네가 자살을 도모하고 있다고 엄청난 장광설을 퍼부었어. 처음엔 말도 안 된다고 생각했다가 이야기를 계속 듣자니 어쩐지 설득되어버렸어. 네가 오래전 사건에 연연하고 있는 건 나도 알고 있었으니까. 그래서 교장 선생님께 상의 드려본 끝에 너와 애리를 만나게 한 건데! 학교니까 별 문제 없을 줄 알았는데 이게 뭐야! 자살이 아니라 살해당할 뻔했잖아. 역시 서애리는 사패야. 사이코패스가 분명해."

언니는 5년 전 학교에서 일어난 애리 사건의 전말을 들려주었다. 애리는 해환이라는 동급생에게 집착했다. 그 동급생이 자신이 아닌 다른 단짝이 생기자 절교하면 가만두지 않을 거라며 협박했다. 이때의 일로 해환은 충격을 받아 결국 전학 갔다. 그와 거의 동시에 애리 역시 사라졌다. 이후 종적을 알 수 없었던 애리가 오늘 나타났다.

사패. 사이코패스 애리…….

애리는 연쇄살인마의 딸이라고 했다. 사이코패스의 딸은 사이코패스일까. 그 협박은 진심이었을까. 아니면 그저 모두 연기일 뿐이었을까. 내게 주먹질을 하던 애리는 표정이 없었다. 하지만 그녀의 주먹질에서 나는 따뜻함을 느꼈다. 살아야만 한다고 애원하는 듯한 그 느낌은 나만의 착각이었을까.

나는 애리를 다시 한번 만나고 싶었다. 그때 네가 보인 것은 무엇이었냐고 묻고 싶었다. 병원에 입원해 있는 동안 몇 번인가 애리와 눈을 마주쳤을 때의 오싹함을 느꼈다. 그때마다 주변을 살폈지만 결국 다시는 애리를 만날 수 없었다.

탐정은 가면을
쓰지 않는다

전건우

0.

"잡아!"

귀문 고등학교 본관 1층 복도에 큰 소리가 울려 퍼졌다. 누군가를 쫓아 복도를 달리는 남자의 기세에 놀란 학생들은 좌우로 갈라져 피하기 바빴다. 그 남자는 넘어지며 복도에 설치해둔 부스에 그대로 처박혔다. 각종 도자기를 올려놓았던 도예부 부스는 박살이 났다.

"꺄아!"

여학생 몇 명이 비명을 질렀다. 비극은 도예부에서 끝나지 않았다. 도망치던 이가 죽 늘어선 부스에서 아무 물건이나 손에 잡히는 대로 집어 들고는 뒤로 던졌기 때문이다. 화분이, 액자가, 트로피가 허공을 날았다. 축제의 달콤한 기운이 넘실거리던 복도는 삽시간에 아수라장이 됐다.

그때였다.

"멈춰!"

앞쪽에서 다른 남자 한 명이 튀어나왔다. 그는 권총을 뽑아 들고 있었다. 도망자는 멈춰 서서 앞뒤를 살폈다. 포위망이 점점 좁혀지고 있었다. 학생들은 멀찌감치 물러난 채로 모든 상황을 구경 중이었다. 핸드폰으로 사진이나 동영상을 찍는 사람도 한둘이 아니었다.

"더는 도망칠 곳도 없으니까 순순히 항복해."

권총을 든 나이가 많아 보이는 남자가 말했다. 그는 숨을 헐떡이고 있었다.

"천천히 무릎 꿇고 손 머리 위에 올려!"

나뒹굴면서 도예부 부스를 박살 냈던 남자가 목소리를 높였다.

도망자는 꼼짝도 하지 않았다. 표정을 알 수 없는 얼굴로 복도 벽 쪽을 뚫어져라 바라볼 뿐이었다.

"자, 어서 지시에 따라."

나이 많은 남자는 그렇게 말하며 도망치던 이를 향해 한 발

다가갔다. 그 순간 도망자가 움찔하며 몸을 움직였다.

"코난! 움직이지 마!"

둘 중 누군가가 소리를 질렀지만 명탐정 코난은 복도에 세워둔 소화기를 향해 몸을 날렸다.

1.

"빨리 골라. 괴도 키드 할래, 아니면 명탐정 코난 할래? 김전일도 있는데 그건 귀 부분이 뜯어져서 덜렁거려."

"필립 말로나 홈즈는 없을까?"

내 물음에 홍만철은 고개를 가로저었다.

"얼굴에 덮어쓰는 탈 형태는 우리도 가진 게 몇 종류 없어. 그러니까 말이야, 엄격하게 말해서 이건 코스프레라 볼 수 없거든. 다스 베이더처럼 캐릭터 자체가 그렇다면 모를까 이 바닥에서 가면으로 퉁 치려는 건 일종의 반칙이야, 반칙. 코스프레는 어디까지나 혼신의 분장술과……."

"알았어. 알았으니까 마지막으로 하나만 물을게."

나는 손을 들어 홍만철의 말을 막았다.

"뭔데?"

"코스프레…… 안 하면 안 될까? 탐정은 가면을 안 쓰는 법이거든."

그 말은 전기능 선배가 한 것이다. 탐정은 가면을 쓰지 않아야 한다고, 그래야 누구든 믿고 사건을 의뢰할 수 있다고 말했다. 물론 여기에서 가면이란 진짜 가면을 말하는 건 아니었지만.

"야! 마정민. 우린 뭐 너희랑 같이 하고 싶은 줄 아냐? 우리도 따로 하고 싶었다고. 근데 학생회에서 이렇게 정해버린 걸 어쩌냐? 우린 한참 양보해서 너희가 원하는 캐릭터를 준비한 거라고. 그런데 축제 시작하는 날 아침에 이것도 못 하겠다고 하고, 저것도 못 하겠다고 하면 어떻게 하자는 거야. 우리도 멋지고 예쁜 캐릭터 하고 싶었다고. 이따위 이상한 살인마나 괴물 말고!"

홍만철은 그렇게 말하며 칼날 장갑 낀 손을 휘둘렀다. 홍만철의 통통한 체형과 프레디 크루거 분장은 그리 어울리지 않았지만 나는 굳이 그 부분을 지적하지는 않았다. 그랬다가는 또 잔소리가 쏟아질 게 분명하니까.

"미안해. 내가 생각이 짧았다. 알았어. 옷 위에 몸통 입고 탈만 쓰면 되는 거지?"

홍만철의 말이 맞았다. 이런 상황에서는 조금씩 양보해야 이 지겹고 무의미한 축제를 무사히 넘길 수 있다. 나는 한숨이 나오려는 걸 간신히 참으며 탈을 집어 들었다.

"그래. 이해해줘서 고마워. 그럼 준비 끝나는 대로 강당으로 와라."

"그럴게."

나는 고개를 끄덕였다. 이러니저러니 해도 고교 생활의 마지막 축제다. 참여하기로 한 이상 최선을 다해야 한다. 전가능 선배도 그랬으니까. 작년 축제에 홀연히 나타나서 앞치마를 두른 채 꽃을 꽂던 전가능 선배를 떠올리며 나는 탈을 뒤집어썼다. 쉰내가 코를 찔렀다.

"마정민."

홍만철이 나를 불렀다.

"응?"

"스크림 가면은 어때? 고스트 페이스 말이야."

"이거…… 안 어울려?"

"아니, 뭐 그런 건 아니고. 네가 애니메이션 캐릭터는 하도 질색하니까."

"그래도 살인마보다는 이게 낫지."

"그래, 그럼."

홍만철은 어깨를 으쓱하더니 먼저 밖으로 나갔다. 칼날 장갑 탓에 문을 못 열어 짜증을 내다가.

재작년에는 카드게임부였다. 작년에는 꽃꽂이부였고. 인원이 얼마 없는 작은 부끼리 짝을 지어 축제에 참여하는 것은 귀문 고등학교의 오랜 전통이었다. 문제는 짝을 선정하는 방식에 있었다. 학생회가 추첨을 통해 무작위로 정하다 보니 접점이라고는 눈곱만큼도 없는 부끼리 짝이 되는 경우가 많았다. 유희왕 카드 대결을 펼치는 셜록 홈즈와 괴도 루팡, 살인 트릭에 어울리는 꽃다발 만들기 같은 해괴한 기획은 그래서 탄생하게 되었다. 올해는 코스프레부와 짝이 됐다는 사실을 알리며 학생회장 김미래는 몹시 미안해했다.

"이번 기회에 신세를 갚으려고 했는데 손이 미끄러져서 그만……. 미안해."

"손이 미끄러졌다는 건 무슨 소리야?"

"올해는 추첨이 아니고 다트를 던져 정했어."

김미래가 던진 다트가 여러 개의 이름표 중 하필이면 코스프레부 정중앙에 꽂혔다는 이야기를 들으며 나는 아무 말도 할 수 없었다. 학생회장은 한마디를 더 하고는 전화를 끊었다.

"그래도 다행이라고 생각해줘. 코스프레부 바로 옆이 식물관찰부였거든."

차라리 식물관찰부가 좋았을지도 모르겠다고 생각하며 나는 복도로 나갔다. 탈은 생각보다 훨씬 무거웠다. 목을 가누기도 쉽지 않았다. 눈 부위에 작은 구멍이 뚫려 있긴 했지만 시야는 극단적으로 좁았다. 정면밖에 보이지 않았다. 자연스레 어깨를 구부정하게 숙이고 앞만 바라본 채 걸을 수밖에 없었다. 천천히, 신중하게.

"와! 진짜 멋지지 않아?"

1학년 여학생 둘이 설렘에 가득 찬 표정을 감추지 못하며 지나갔다. 다른 학생들 표정도 별반 다르지 않았다. 생전 처음 단맛을 본 아이처럼 황홀감에 젖은 얼굴을 하고서는 삼삼오오 짝을 이뤄 어딘가로 향했다. 하긴, 그럴 수밖에. 귀문 고등학교 축제는 어디 내놔도 손색이 없으니까. 만약 전국 고등학교 축제 대회 같은 게 있다면 귀문 고등학교가 1등을 할지도 모른다.

100년 넘은 낡은 건물이 축제 기간에는 형형색색 전구를 두르고 호그와트처럼 변한다. 학생들은 교실과 복도, 심지어 화장실까지 알록달록하게 꾸민다. 학교에서도 지원을 아끼지 않아 먹을거리가 넘쳐나는 건 물론이고 고등학교 축제로는 드물게 유명 연예인의 공연도 펼쳐진다. SNS에서 입소문을 타 다른 학교 학생들이 구경 오는 경우도 많다. 물론, 그렇기에 축제 때마다 어김없이 사건사고가 일어나기도 하지만…….

"이것 봐요. 엄청 잘 어울리죠?"

미스터리부 부실 안에서 나최상의 들뜬 목소리가 새어 나왔다. 나는 문을 열고 안으로 들어갔다. 배트맨 가면을 뒤집어쓴 나최상이 망토를 펄럭이던 자세 그대로 돌아봤다. 그러고는 물었다.

"누, 누구세요?"

"여기 모여 있을 게 아니라 부스로 이동해야지."

"에? 부장이야?"

달마는 못 믿겠다는 듯 눈을 크게 뜨고 나를 바라봤다. 민머리에 흰색 망토만 두른 거로 봐서 만화 원펀맨의 주인공 사이타마 코스프레를 한 게 틀림없었다.

"그래, 나야."

"안 답답하세요?"

나최상이 다시 물었다.

"전혀."

"천하의 마정민, 우리 미스터리부 부장도 가면을 써야 하는구나. 흑. 분하다!"

달마는 울상을 지었다.

"난 그래도 미스터리부 정체성을 살리려고 이 탈을 쓴 건데 너희는 그냥 코스프레잖아. 배트맨이랑 원펀맨이 미스터리부와 무슨 관련이 있어? 그리고……."

허영서 자리에는 에이리언이 앉아 있었다. 날카로운 이빨이

촘촘히 박힌 길쭉하고 시커먼 머리통을 보고 있자니 다음 말이
생각나지 않았다.

"크으으."

허영서는 나를 보며 그런 소리를 냈다.

"영서 선배는 에이리언 코스프레에 진심이에요. 제가 1등으
로 온 줄 알았는데 영서 선배가 먼저 와 있었어요. 그때도 에이
리언 가면을 쓰고 있었는데 역시 아무 말도 안 했어요. 에이리
언은 인간의 언어를 사용하지 않으니까 어쩌면 당연한 거죠."

UFO와 외계인 마니아이자 지금은 에이리언 그 자체가 된
허영서를 대신해 1학년 조민지가 그렇게 말해줬다. 신입 부원
중 한 명인 조민지는 할머니 분장을 하고 있었다. 조민지는 내
가 묻기도 전에 먼저 대답했다.

"부장님이라면 눈치채셨겠지만 전 미스 마플로 완벽하게 변
신했어요."

"아! 음……. 잘 어울리네."

이번에도 딱히 할 말이 없었다. 부원들의 코스프레 상태를 보
니 내 선택이 신의 한 수라는 생각만 머릿속을 스칠 뿐이었다.

"자. 그러면 부장님 말대로 이동하죠! 거기서 셀카를 찍어야
더 잘 나올 것 같아요."

코스프레부와 같이 축제 부스를 꾸미게 됐다는 사실에 가장

격하게 화를 낸 건 나최상이었다. 미스터리부의 정체성 운운하던 녀석이 지금은 제일 신나 보였다.

"그런데 한우는 어디 있어?"

나는 또 다른 신입 부원인 박한우를 찾았다. 박한우는 덩치만 큰 순둥이로 숫기가 없고 말수도 적어 늘 마음이 쓰였다. 그래도 미스터리부 활동에는 적극적으로 참여했다.

"코스프레부를 도와서 부스 꾸미고 있을 거야. 먼저 가 있겠다고 했거든."

달마가 말했다.

"좋아. 오늘 하루만 참으면 코스프레도 끝나는 거니까 힘내자."

나는 주머니가 없어 계속 들고만 있던 핸드폰을 책상에 올려놓으며 말했다.

달마는 고개를 끄덕였고 나최상은 들은 척도 하지 않았으며 조민지는 비닐 봉투에서 뜨개질 세트를 꺼내 주섬주섬 챙기기 시작했다. 허영서만 대답했다.

"크으으."

아무래도, 코스프레가 싫은 건 나뿐인 것 같았다.

부스 앞에서 우리를 맞이한 건 하키 마스크를 쓴 거구의 연

쐐살인마, 아니 박한우였다. 낡은 멜빵바지를 입고 장난감 마체 테까지 챙겨 든 녀석은 쑥스러운 듯 머리를 긁적이며 말했다.

"다, 다들 멋지네요."

"어휴. 너야말로 최고네. 영화 속 제이슨이 튀어나왔다고 해도 믿겠다."

달마의 칭찬에 박한우는 소리 죽여 웃었다. 표정 없이 어깨만 들썩이는 그 모습은 잔혹한 연쇄살인마 그 자체였다. 학생들은 겁먹은 표정으로 우리 부스를 피해 갔다.

"그나저나 부스 위치는 괜찮은가 몰라. 수맥이 안 흘러야 하거든. 귀문 고등학교 터 자체가 워낙 안 좋아서……."

달마는 언제 가지고 왔는지 엘로드를 꺼내 들었다. 이제 다들 익숙해져서인지 아무도 신경 쓰지 않았다.

"오! 다들 모였네. 지금 우리 애들도 오고 있으니까 조금만 기다려. 그나저나 이렇게 보니까 진짜 뿌듯한걸! 너희들 모두 엄청 잘 어울려. 코스프레부와 미스터리부의 환상적인 콜라보를 축하하는 의미에서 나중에 단체 사진 꼭 찍자. 참! 한 시간 후에 공식적으로 부스 오픈하면 유명 캐릭터와 함께하는 추리게임부터 진행할 거야. 알고 있지? 추리게임은 누가 준비했어?"

홍만철은 칼날을 번득이며 불쑥 나타나서는 숨 돌릴 틈 없이 말을 쏟아냈다.

"제가 했습니다. 먼저 간단한 암호 해독을 할 거고……."

"근데 넌 왜 할머니 분장을 하고 있어?"

프레디 크루거가 미스 마플을 향해 물었다.

"추리게임은 우리가 알아서 할 테니까 걱정하지 마."

내가 재빨리 끼어들었다.

"알았어. 그럼 우린 오후에 있을 퍼레이드에 집중할게."

그렇게 말하는 홍만철 옆으로 나최상이 다가갔다. 핸드폰을 들고서.

"선배님, 같이 사진 찍을까요?"

"오우! 배트맨. 사진은 얼마든지 환영이지!"

나최상과 홍만철이 사진 찍는 모습을 뒤로하고 나는 강당을 둘러봤다. 축제 시작을 앞두고 모두 분주하게 움직이고 있었다.

축제 때는 강당은 물론이고 본관 1, 2층 복도와 교실에도 부스가 들어선다. 양궁부나 댄스부처럼 큰 부는 거기에 걸맞게, 그리고 작은 부들은 또 그 사정에 맞춰 최선을 다해 부스를 꾸미고 활동을 준비하는 것, 그것이 바로 귀문 고등학교 축제의 전통이었다.

"마정민 학생, 마정민 학생, 교무실로 오세요. 3학년 마정민 학생, 교무실로 오세요."

흥겨운 음악이 뚝 멈추더니 강당 스피커에서 그런 소리가 들렸다. 나도 모르게 스피커 쪽으로 고개를 돌렸다.

"부장을 찾는데? 누구지?"

달마가 물었다.

나는 고개를 저었다. 탈이 덜렁거렸다. 목소리만으로 추리해 보자면 한평생 담배 연기로 훈연을 해 마를 대로 마른 성대를 가진 남자였다. 적어도 내가 아는 선생님 중에 저런 목소리를 가진 이는 없었다.

"다녀올게. 뭐, 별일은 아닐 테니까."

달마에게 대답을 한 후 강당을 가로질렀다. 다른 부원들은 서로 사진을 찍어주느라 정신이 없었다. 스피커에서는 다시 음악이 흘러나왔다. 오늘 공연하러 온다는 아이돌 그룹의 노래였다.

교무실이 있는 본관 3층으로 들어섰다. 유일하게 축제의 열기가 미치지 않는 곳이었다. 형형색색 리본도, 그리고 풍선 장식도 없는 메마른 복도를 걸어 교무실로 향했다. 교무실 앞에는 낯선 사람 둘이 서 있었다. 한 명은 젊고 한 명은 나이가 들어 보였다. 나는 두 가지 사실을 알아챘다. 비쩍 마른 얼굴과 검은 피부로 봤을 때 둘 중 나이 든 쪽이 메마른 성대의 남자라는 사실, 그리고 둘 다 경찰이라는 사실⋯⋯.

"제가 마정민인데 무슨 일이시죠?"

두 사람 다 나를 미심쩍은 표정으로 바라봤다. 탈을 벗을까

하다가 그래도 내 얼굴을 모르는 건 마찬가지겠다 싶어 가만히 있었다.

"우린 광역수사대에서 나왔네. 난 이중호 팀장이고, 이쪽은 김승현 형사."

나이 든 남자가 그렇게 말하며 재킷 안주머니에서 무언가를 꺼내려 했다. 나는 그 순간을 놓치지 않았다.

"경찰 수첩을 꺼내시는 거라면 괜찮습니다. 최근에 어깨를 다치신 것 같은데 무리하실 필요 없습니다."

내 말에 이중호 팀장은 눈을 크게 떴다. 어떻게 알았느냐는 표정이었다.

"핸드폰을 바지 오른쪽 주머니에 넣어두신 걸 보면 분명 오른손잡이인데 수첩 역시 재킷 오른쪽 안주머니에 들어 있다는 건 뭔가 어색하죠. 보통은 왼쪽 안주머니에 넣고 오른손으로 꺼내니까요. 그러고 보면 왼손으로 수첩을 꺼내는 모습도 어색하고 부자연스러웠어요. 그건 그만큼 익숙하지 않은 동작이라는 의미이고 수도 없이 수첩을 꺼내서 보여주셨을 팀장님이 그런 자세를 취한다는 건 오른팔이 이상하다는 뜻이 되겠죠. 거기에 더해 수첩을 꺼내는 간단한 행동마저 못할 정도면 아마 어깨를 다쳐 팔을 들어 올리는 게 힘든 상황이 아닐까 추리해봤습니다."

"똑똑하긴 하네요."

김승현 형사가 무뚝뚝한 표정으로 나와 팀장을 번갈아 바라 봤다.

"전가능이 말한 대로군."

"전가능 선배요?"

이번에는 내가 놀랄 차례였다. 전혀 예상하지 못한 순간에 반가운 이름을 들었다. 작년에 졸업한 전가능 선배는 미스터리부의 부장이면서 동시에 최연소 경찰 자문으로 활동했다. 천재적인 두뇌, 범죄에 대한 해박한 지식, 무엇보다 사건의 진상을 꿰뚫는 뛰어난 추리력이 있기에 가능한 일이었다.

선배는 내가 제일 존경하는 인물이었다. 비범한 능력도 물론 존경스러웠지만 일찌감치 자기 길을 걸었다는 점이 멋져 보였다. 그래서 나도…….

"자네가 좀 도와줘야겠네. 전가능을 체포해야 하거든."

"네?"

나는 이중호 팀장을 가만히 바라봤다. 내가 두 사람을 경찰이라 확신한 이유는 무뚝뚝한 표정과 반대되는 날카로운 눈빛 때문이었다. 이중호 팀장은 송곳으로 뚫어놓은 것처럼 작은 눈으로 나를 마주 봤다. 그 속에는 농담이 들어갈 틈이 전혀 없었다.

"전가능은 용의자와 함께 도주 중이야. 머리에 피도 안 마른 놈을 천재 프로파일러다, 최연소 특채다 뭐다 잔뜩 추켜세워 줬더니 결국 이렇게 뒤통수를 치고 말았어. 그놈 탓에 조수석 문도 제대로 안 닫혀. 젠장."

김승현 형사가 분하다는 듯 얼굴을 잔뜩 찡그리며 말했다.

"그러니까…… 전가능 선배가 경찰을 배신했다는 건가요?"

믿을 수가 없었다. 의문투성이였다. 전가능 선배가 무슨 이유로 용의자를 빼돌려 도망친단 말인가?

"자세히 설명해줄 테니 자리를 옮기지. 복도에서 이야기하긴 그러니까."

이중호 팀장이 말했다.

"잠시만요. 선배가 경찰을 배신했다 해도 그게 저랑 무슨 상관이죠? 왜 학교까지 와서 절 찾으신 겁니까?"

"전가능과 용의자는 아무래도 여기서 누굴 죽이려고 하는 것 같아. 하지만 놈의 속셈을 정확히 모르겠어. 그래서 자네를 찾아왔지. 도움을 구하기 위해. 아무래도 전가능을 제일 잘 아는 건 자네일 테니까. 아! 그리고 용의자도 귀문 고등학교 출신이야."

이중호 팀장은 그렇게 말하고는 앞서 걸었다. 다친 오른쪽 어깨를 천천히 돌리며.

2.

경쾌한 리듬의 음악이 더 크게 울려 퍼졌다. 축제가 시작됐다는 신호였다. 부원들은 나를 기다리고 있을 것이다. 아무것도 모른 채. 지금 이 상황을 말해준다면 모두 어떤 반응을 보일까? 나최상은 보나마나 자기가 잡겠다고 나설 것이고 달마는 수맥 운운하며 엘로드를 꺼내…….

"……그렇게 된 거네. 이해했나?"

"아! 네."

나는 딴생각에서 벗어나 이중호 팀장에게 고개를 끄덕여 보였다. 이해하고 말고 할 것도 없이 단순한 내용이었다. 그 내용이 사실이라면 전가능 선배는 심각한 범죄를 저지른 상태였다.

"전가능 선배는 왜 이런 짓을 벌인 걸까요?"

이중호 팀장에게 물었지만 그 질문은 나에게 던진 것이기도 했다.

왜……, 도대체 왜?

이중호 팀장의 말에 따르면 전가능 선배가 용의자를 데리고 도주한 건 어젯밤의 일이었다. 용의자의 이름은 황세미. 그는 두 건의 살인사건에 연루되었다는 혐의를 받고 이송 중이었다.

황세미.

그 이름이라면 나도 알고 있었다. 황세미 역시 미스터리부였다. 네 살 차이가 나 같이 학교를 다닌 적은 없지만 전가능 선배를 통해서 들은 바에 따르면 그는 최초의 여성 부장인 동시에 천재적인 두뇌를 가진 사람이었다. 그리고 아주 특이했단다. 당시 나는 세상에서 제일 특이한 사람은 전가능 선배라 생각했기에 그의 입에서 특이하다는 말이 나왔다는 사실만으로도 황세미라는 선배에게 궁금증을 품었다. 황세미는 실력이 충분했지만 대학 진학을 포기했다고 말하며 전가능 선배는 이렇게 덧붙였다.

"동생과 단 둘이 사는데 그 애에게 장애가 있나 보더라고. 동생 뒷바라지 때문에 그런 선택을 했다고 하더라. 동생 대학 보내는 게 꿈이래."

동생을 위해 자신의 미래까지 포기한 사람이 왜 살인사건 용의자가 됐을까? 전가능 선배는 황세미와 친분이 있기 때문에, 그리고 그 과거를 알기 때문에 마음이 흔들렸던 걸까?

아무리 생각해도 선배의 행동을 이해할 수 없었다.

어젯밤, 선배는 오토바이를 타고 달려와 이중호 팀장과 김승현 형사의 차 조수석을 들이받았다. 그런 뒤 차에서 나온 두 사람을 공격했고 그 과정에서 이중호 팀장은 전가능 선배의 업어치기에 어깨를 다치게 되었다.

"황세미는 어떤 사건을 저지른 겁니까?"

내가 물었다.

이 팀장이 김승현 형사를 슬쩍 쳐다봤다.

"아직 공개된 게 아닌 사건이라 조심스러운데…… 자네도 입단속을 잘해줘."

나는 고개를 끄덕였다. 김 형사는 말을 이었다.

"한 달 전, A대학교의 입학사정관이 학교 화장실에서 죽은 채 발견됐어. 칼에 가슴과 배 등을 수십 번 찔렸어. 결국 사망에 이르게 한 건 오른쪽 목에 난 자상이었지. 거기서 피가 많이 쏟아졌거든. 흉기는 화장실 바닥에 떨어져 있었어. 그 이틀 뒤에는 같은 대학 특수교육학과 조교가 죽었어. 둔기에 왼쪽 뒤통수를 맞은 채로 연구실에 쓰러져 있던 걸 다른 사람이 발견했지. 그 조교의 머리를 박살 낸 둔기는 화분이었어. 그리고 우린 칼과 화분에서 황세미의 DNA를 검출했어. 장갑을 끼고 있었는지 지문은 발견하지 못했지만 사실 뭐, DNA만으로도 이미 충분하지. 황세미가 범인이야."

"황세미는 그 두 사람을 왜 죽인 건가요?"

"원한이야."

이번에는 이중호 팀장이 대답했다.

"원한이라면……."

황세미라는 인물과 죽은 두 사람 사이의 연결 고리가 선뜻 떠오르지 않았다.

"황세미의 동생 황세욱은 시각장애인이었네. 황세욱은 작년에 A대학교 특수교육과에 장애인 특별전형으로 지원했지만 불합격했고 그 사실을 비관해 스스로 목숨을 끊었지. 황세미는 거기에 앙심을 품고 당시 전형을 담당했거나 도왔던 두 사람을 죽인 거라고 보고 있네. 제때 체포하지 못했다면 더 많은 사람이 희생당했을 거야."

동생의 자살 이후 황세미가 얼마나 큰 슬픔을 느꼈을지 어렴풋하게나마 짐작할 수 있었다. 다만 슬픔이 아무리 크다고 해도 그것이 분노로 바뀐다는 건 납득하기 어려웠다. 그것도 죄 없는 사람을 둘이나 죽일 정도의 분노라니.

"억울한 마음을 품을 순 있겠지만 그렇다고 왜 죽이기까지 했을까요?"

내가 묻자 김 형사가 어깨를 으쓱하며 대답했다.

"그거야 황세미는 전형 과정에 부정이 있었다고……."

"자, 설명은 이쯤하고 빨리 움직이지."

이 팀장은 짜증 섞인 표정으로 벌떡 일어났다. 김 형사도 덩달아 일어나 눈치를 살폈다. 전가능 선배가 저지른 일이기는 하지만 용의자를 놓친 건 두 사람의 실수이기도 하니 초조해하는 건 이해할 만했다. 마음이 바쁠 것이다. 그래도 꼭 짚고 넘어가야 할 게 있었다.

"전가능 선배는 제가 아는 한 세상에서 가장 논리적이고 이성적인 사람입니다. 그런 선배가 이런 일을 벌였다는 건 그만한 이유가 있기 때문 아닐까요?"

"이유? 이성적? 내 생각엔 그냥 황세미 그 여자한테 홀린 것 같은데."

김 형사가 픽 웃으며 말했다.

"이것 보게. 나는 자네보다 훨씬 오래 살았어. 그러면서 한 가지를 깨달았지. 이 세상에 장담할 수 있는 사람은 없다는 거. 한 길 사람 속은 모른다는 말이 괜히 나온 게 아니라는 거지."

나는 대꾸할 수 없었다. 존경하고 친하고 잘 안다고 생각했지만 실은 그게 아니었을지도 모른다. 그러고 보니 내가 아는 건 전가능 선배의 능력뿐이었다. 뛰어난 두뇌와 추리력, 명확한 사고력 같은 것들.

"그럼 제가 어떻게 뭘 도와드리면 됩니까?"

나보다 훨씬 오래 산, 그래서 지독하게 피곤해 보이는 늙은 형사를 향해 물었다.

"오늘 아침에 가까스로 황세미의 핸드폰 암호를 푸는 데 성공했지. 황세미는 핸드폰 메모장에 다음 제거 대상을 적어놓았더군. 그런데 귀문 고등학교라는 근무처는 그대로인데 이름만은 알아볼 수 없는 단어로 남겼지. 이것 보게."

이 팀장은 그렇게 말하며 자기 핸드폰으로 사진 한 장을 보여줬다. 사진 속 메모장 화면에는 딱 한 줄이 적혀 있을 뿐이었다.

- 3. SSOP(귀문 고등학교)

"쏘…… 프?"

처음 보는 단어였다.

"뜻이 없는 단어야. 위성통신 관련 약어이긴 한데, 그건 전혀 상관없을 것 같고."

김 형사가 말했다.

"이 메모 속 인물은 분명 귀문 고등학교에서 근무하는 사람일 거네. A 대학교 입시와 관련된 인물이 있는지는 우리도 조사를 의뢰했어. 자네가 해줘야 할 건 이 인물이 누구인지 밝혀내는 것과 전가능이 어떤 행동을 할지 예측해서 미리 체포하는 걸 돕는 일, 이 두 가지야. 혹시 몰라서 하는 말이네만, 비밀리에 행동해야 하네. 우리가 경찰들을 줄줄이 끌고 오지 않은 것도 다 이유가 있어서야. 괜히 그 두 사람을 자극하면 안 되니까."

"알겠습니다. 해보겠습니다. 먼저 전가능 선배가 숨어들었을 만한 곳부터 찾아보겠습니다."

"좋아. 그러면 이 무전기를 가지고 가게. 학교 내에서라면 단번에 연결될 거야."

나는 이 팀장이 내민 무전기를 받아들었다. 묵직했다. 덩달아 내 마음도 더 무거워졌다. 경찰들보다 먼저 전가능 선배를 잡고 싶었다. 그런 뒤 묻고 싶었다.

도대체 왜 이런 일을 벌인 거냐고.

전가능 선배는, 이유 없는 일은 절대 하지 않는다.

3.

학교는 축제의 열기에 휩싸여 있었다. 아직 해가 지기 전인데도 반짝반짝 빛나는 전구는 충분히 아름다웠다. 리본과 꽃을 이용한 화려한 장식도 눈길을 사로잡았다. 강철 같은 심장을 가졌다한들 이런 분위기에 취하지 않기란 어려운 일이리라.

지금 이 순간 축제를 즐기지 못하는 유일한 사람이 내가 아닐까 생각하며 다시 강당으로 향했다. 혼자서 학교를 다 뒤지는 건 무리가 있었다. 믿을 만한 사람의 도움이 필요했다.

"부장, 왜 이렇게 늦었어?"

내게 관심을 보인 건 달마뿐이었다. 미스 마플은 부스에서 추리게임을 설명하느라 정신이 없었고 살인마 제이슨은 미스 마플을 물끄러미 바라보며 서 있었다. 썩 아름다운 풍경은 아니었다. 배트맨은 학생들과 사진 찍기에 바빴다. 에이리언은 어디 갔는지 보이지도 않았다. 달마, 아니 원펀맨만 혼자 멀뚱히 앉아 있다가 나를 발견한 것이다.

"골치 아픈 일이 생겼어. 나 좀 도와줘."

"내가 부장을 돕는다고?"

달마는 눈을 동그랗게 떴다.

미스터리를 좋아하지만 추리 쪽으로 재능이 있는 건 아니었다. 종종 눈치 없이 행동해 부원들의 원성을 사기도 했다. 1학년 때부터 지금까지 친구들과 잘 어울리지 못하고 겉돌았다. 늘 자기만의 세계에 빠져 있어 대화 중에도 엉뚱한 소리를 하기 일쑤다. 달마는 그런 녀석이었다.

"응. 나 혼자서는 무리야."

"이것도 필요할까?"

달마는 분신이나 다름없는 엘로드를 들어 보였다.

"음……, 일단 챙기자. 아이템이야 많을수록 좋으니까."

"알았어!"

달마는 반색을 하며 나를 따라 강당을 빠져나왔다.

내가 도와달라고 하면 묻지도 따지지도 않고 고개부터 끄덕인다. 수다스럽지만 정작 중요한 비밀은 어떤 일이 있어도 지킨다. 날카로운 추리력은 없지만 문제를 해결할 때까지 몇 시간이고 집중한다. 엉뚱한 소리를 하는 만큼 엉뚱한 상상력으로 미스터리를 해결한다. 달마는 그런 녀석이었다.

"우린 지금 누굴 찾아야 해."

운동장을 가로지르며 내가 말했다.

"누구?"

"전가능 선배."

"찾으면 되지. 너라면 금방 찾을……, 뭐? 전가능 선배?"

나는 고개를 끄덕였다. 그러고는 지금까지 일어난 일과 내가 알게 된 정보에 대해 정리해서 들려주었다.

"전가능 선배가 도대체 왜?"

내 이야기가 끝나자마자 달마 역시 그렇게 물었다.

"나도 그게 제일 궁금해."

"궁금증을 해결하려면 결국 선배를 찾는 수밖에 없겠네."

"그래. 경찰 말대로라면 전가능 선배와 황세미는 벌써 학교에 숨어들었을 거야."

"그걸 어떻게 알아?"

"두 사람이 함께 도망친 건 어젯밤이야. 그때부터 지금까지 둘의 흔적이 발견되지 않았어. 그렇다는 건 도망친 직후 어딘가에 숨었다는 거지. 초기 대응이 허술한 틈을 타서 재빨리 이동했겠지. 그리고…… 의외로 보안이 허술한 곳이 학교거든."

나는 체육관 입구에 달린 CCTV를 가리키며 말했다. 구식 카메라는 삐친 아이처럼 아예 벽 쪽으로 고개를 돌린 상태였다.

"그럼 전가능 선배가 체육관에 숨어 있을 거라고 생각하는 거야?"

달마가 목소리를 낮춰 물었다.

"가능성이 높지. 우리 학교 건물 중 축제의 빛이 닿지 않는 유일한 곳이니까. 상대적으로 주목도 덜 받고, 조용하고, 숨을 곳도 많지. 잘 알잖아?"

"맞아. 잘 알지."

체육관은 새로 지은 지 몇 년 안 되는 데다가 바닥에 수시로 왁스를 칠하기 때문에 깨끗하게 사용해야 하고 그러므로 축제 부스 설치는 허락하지 않는다는 게 학교 측 방침이었다. 올해 졸업한 전가능 선배가 그 사실을 모를 리 없었다.

우리는 체육관 안으로 조용히 들어섰다. 작년 그 사건 이후 체육관 문은 고쳤다. 이제 소리도 없이 열린다. 체육관은 학교의 다른 곳과 달리 조용하고 평화로웠다. 높게 달린 창문으로 햇살이 비쳐들어 왔다. 햇살 안에서 먼지 알갱이가 춤을 추고 있었다.

"창고부터 살펴보자."

내가 말했다.

"그럼 난 화장실 가볼까? 흩어져서 살펴보는 게 시간을 줄일 수 있잖아."

"음……, 아니야. 같이 다니자."

"그래. 알았어."

달마는 별 의심 없이 고개를 끄덕이고는 창고를 향해 먼저 걸음을 옮겼다. 나는 애써 마음을 가다듬었다. 전가능 선배가 우리를 공격할 리는 없을 거라는 마음 반, 그래도 조심하자는 마음 반이었다. 어쨌든 전가능 선배는 베테랑 경찰의 어깨도 망가뜨릴 정도로 유도 실력이 뛰어나니까.

"최대한 소리를 줄이자."

내 말에 달마가 움찔하며 멈춰 섰다. 나는 그런 달마를 앞질러서 창고 문 앞에 다가섰다. 문은 닫혀 있었다. 달마에게 눈짓으로 신호를 보낸 후 손잡이를 잡았다. 그러고는 거의 1년 만에, 문을 열고 창고 안으로 들어갔다.

창고 안은 여전했다. 뜀틀, 매트리스, 공 등이 가득 들어차 있었다. 한눈에 보기에도 누군가가 숨어 있을 만한 공간은 없었다.

"저기 한 번 볼까?"

달마가 뜀틀을 가리키며 물었다. 역시, 사람은 경험을 통해 성장하는 법이다.

"둘이 숨어 있기엔 좁을 거야."

뜀틀 안은 작년 학생회장 후보 실종 사건에서 자그마한 김미래가 겨우 들어가 있던 공간이다. 전가능 선배 혼자도 무리일 것이다.

"부장, 그래도 한 번 살펴봐야지. 부장이 그랬잖아. 눈으로 확인하기 전까지는 가능성을 배제하지 말라고."

달마의 말이 맞았다. 그리고 그 말은, 전가능 선배가 내게 늘 해주던 조언이었다.

"그러네. 하마터면 실수할 뻔했다. 살펴보자."

나는 달마와 함께 뜀틀 맨 위쪽 단을 아래로 내렸다. 아무도 없었다.

"역시 부장 말이 맞네. 흐흐. 내가 괜히 잘난 척을 했나 봐."

달마가 쑥스러운 표정으로 민머리를 긁적였을 때였다. 뜀틀 맨 밑바닥에 떨어져 있는 뭔가가 눈에 들어왔다. 직사각형 모양의 흰 종이, 명함이었다.

"아니야. 네가 아니었다면 진짜 실수할 뻔했어."

명함을 집어 들었다.

전가능.

그 이름 석 자가 박힌 경찰 명함이었다.

"전가능 선배가 진짜 여기 있었던 거야?"

달마가 눈을 휘둥그레 뜨고 물었다. 그건 아닐 것이다. 선배는 내가 말해줬기 때문에 작년 사건에 대해 알고 있었다. 나는 명함 뒷면을 확인했다. 거기에는 한 문장이 적혀 있었다.

– 안녕? 마정민. 황세미는 오른손잡이야.

"이게 무슨 뜻이지?"

나는 그 짧은 문장을 몇 번이나 읽었다. 선배라면, 내가 자신을 찾으리라는 것 정도는 예상하고도 남았으리라. 그랬기에 내게 메시지를 남겼다는 사실이 놀랍지는 않았다. 문제는 마지막 말이었다.

황세미가 오른손잡이라는 걸 굳이 언급한 이유는 무엇일까? 혹시 내가 잘못된 정보를 가지고 있다는 걸 말해주려는 의도인 걸까? 확인해볼 필요가 있었다.

나는 무전기를 들고 이중호 팀장을 불렀다.

"팀장님, 팀장님, 저 마정민입니다."

잡음만 들리는 가 싶더니 곧 대답이 돌아왔다.

"나 김 형사야. 말해."

김 형사는 매우 바쁘다는 듯 말했다.

"황세미 말입니다, 혹시 왼손잡이입니까, 오른손잡이입니까?"

"응? 뭐야. 추리 놀이라도 시작한 거야? 흐흐."

김 형사는 노골적으로 비웃었다. 나는 그딴 건 신경 쓰지 않았다.

"뭐라고 생각하셔도 좋습니다. 그냥 정보를 주세요. 황세미, 왼손잡이입니까?"

"아니. 오른손잡이야. 근데 그건 왜 물어? 전가능은 찾았어?"

"찾고 있습니다."

나는 그렇게 말한 뒤 무전을 종료했다. 이 팀장과 김 형사는 교직원을 대상으로 A대학교 입시와 관계된 사람이 있는지 찾는 작업을 하고 있을 것이다.

전가능 선배는 아마 이런 상황까지 예상했을지도 모른다. 나와 두 경찰이 떨어져 행동하는 상황. 그렇다면 선배가 내게만 접근해 올 수도 있지 않을까?

"용의자라는 그 황세미, 나와 달리 오른손잡이인가 봐. 전가능 선배가 가르쳐준 거네. 어렵게 생각할 필요 없을 것 같은데."

나는 달마의 말을 들으며 골똘히 생각에 잠겼다.

황세미는…… 오른손잡이야.

전가능 선배의 메시지에는 분명 의도가 있을 텐데, 그걸 짐작하기 어려웠다. 설마 나를 가지고 노는 건 아니겠지…….

"이제 다른 곳을 확인해보자."

나는 주머니에 명함을 집어넣으며 말했다. 전가능 선배와 황세미가 학교에 있다는 사실은 분명했다. 그렇다는 건 세 번째 희생자가 나올 수도 있다는 말이었다. 이 팀장과 김 형사의 말대로라면 그럴 확률이 높았다.

"다른 곳? 어디?"

"진로 상담실."

축제의 흥겨움이 닿지 않는 또 다른 곳, 거기가 바로 진로 상담실이었다. 게다가 진로 상담실 역시 내가 전가능 선배에게 말했던 장소였다.

4.

"선배. 오늘 진로 상담실 갔다 왔어요. 선생님은 역시 다시 한번 생각해보라고 하셨어요. 아깝다고. 원하는 대학 어디든 갈수 있는데 하필이면 왜 그런 선택을 하는 거냐고."

한 달 전, 나는 전가능 선배와 통화를 하며 그런 말을 했다.

그때 선배가 해준 조언을 아직 기억한다.

"마정민. 네가 옳다고 생각한다면 행동으로 옮겨. 눈치 볼 필요 없어. 누구도 네 삶을 대신 살아주진 않으니까 하고 싶은 걸 해야지."

전가능 선배의 그 한마디에 나는 결심을 굳혔다. 대학 진학을 미루고 국제봉사단에 합류해서 다른 나라로 떠나기로. 선배처럼 경찰의 길을 걷고도 싶었고, 법 쪽으로 공부를 해볼까 하는 마음도 있었다. 하지만 중학생 때부터 이어온 봉사활동이 내 마음을 흔들었다.

이 세상 어딘가에 도움의 손길을 기다리는 사람이 있다고 생각하니 공부에 집중할 수 없었다. 나는, 최대한 많은 사람을 돕고 싶었다.

진로 상담실 역시 잠겨 있지 않았다. 창문으로 안을 살폈지만 아무도 없었다. 이번에는 달마가 문을 열었다.

"분명히 학생들을 위한 공간인데 말이야, 난 여기가 그렇게 불편해."

달마는 안으로 들어가며 말했다.

"맞아. 나도 그래."

"선생님들은 왜 내가 하고 싶다는 걸 못하게 할까? 맨날 점수에 맞추라는 말밖에 안 하니."

"넌 뭘 하고 싶은데?"

그러고 보니 달마와 이런 이야기를 하는 건 처음이었다. 미스터리부에 있을 때는 애써 현실을 외면했으니까.

"나? 난 셰프가 되고 싶어. 이래 봬도 나 요리하는 거 좋아하거든."

달마는 그렇게 말하며 웃었다.

"멋진데?"

"그렇지? 근데 선생님은 일단 대학교부터 가래. 난 당장 요리를 배우고 싶은데."

"눈치 볼 것 없어. 하고 싶은 일 있으면……."

"잠깐!"

달마는 내 말을 막더니 책상에 놓인 노트북을 가리켰다. 닫힌 노트북에 명함이 보일 듯 말 듯 끼워져 있었다. 나는 얼른 그 명함을 뽑아 들었다.

- 마정민. 계속 의심해야 해. A대학교 입시 비리를 검색해봐.

달마와 나는 동시에 눈을 마주쳤다. 이번 메시지에는 처음보다 더 구체적인 힌트가 들어 있었다.

"핸드폰 있어? 난 주머니가 없어서 부실에 놓고 왔거든."

주머니 없는 몸통은 덥기만 했다. 환기도 되지 않았다. 이미 온몸은 땀범벅이었다. 얼굴에도 땀이 줄줄 흘러내렸다. 전문적으로 인형 탈을 쓰는 일을 하는 사람들이 새삼 존경스러웠다. 이런 상태로 춤을 추고 연기까지 하니까. 게다가 달리기까지.

"난 부스에 뒀어. 가지고 올게."

달마가 말했다.

"지금쯤이면 추리게임 순서는 끝났을까?"

"아마 그럴걸? 왜?"

나는 잠시 생각하다가 대답했다.

"검색하고 뭔가를 찾아내는 건 조민지 주특기잖아. 이젠 다른 부원들 손도 빌려야 할 것 같아. 강당에 가서 민지한테 간단하게 설명하고 A대학교 입시 비리 쪽으로 알아봐줘."

이 사건 뒤에는 석연치 않은 뭔가가 숨어 있다.

전가능 선배의 뒤를 쫓으며 자연스레 그런 생각을 하게 되었다. 용의자와 함께 도망친 선배의 행동에도 이유가 있을 것 같았다. 그렇지 않고서야 이렇게 단서를 남겨둘 리 없다.

어쩌면 선배는 내게 도움을 구하고 있는 게 아닐까?

거기까지 생각을 하자 초조해졌다. 시간이 얼마 없었다. 경찰들보다 내가 먼저 전가능 선배와 황세미를 찾아야 할 것 같았다.

"알았어. 빨리 알아보고 연락 줄게."

"좋아. 그럼 난 먼저 부실에 가서 핸드폰을 챙겨야겠어."

"부장."

복도로 막 나가려는 나를 달마가 불렀다.

"응?"

내가 돌아서자 달마는 진지한 표정으로 말했다.

"이거 가져가. 아이템은 많을수록 좋잖아."

달마가 내민 것은 엘로드였다. 나는 엉겁결에 그걸 받아 들었다.

"고, 고마워."

"조심해."

달마는 그렇게 말하며 내 오른쪽 어깨에 손을 얹고는 가볍게 두드렸다. 원펀맨의 가호를 받으니 없던 힘도 생길 수밖에. 나는 달마를 향해 씩 웃어 보인 후 복도로 나갔다. 엘로드를 꼭 쥐고.

코스프레 복장은 불편하기 짝이 없었지만 최대한 발걸음을 빨리해 부실로 향했다. 진로 상담실이 있는 본관 3층을 빠져나오자마자 다시 축제의 흥겨움이 찾아왔다. 오후로 접어들수록 열기는 더하는 것 같았다. 웃음이 파도처럼 넘실거렸다.

"같이 사진 찍어요!"

누군가가 말을 걸어왔다. 명찰을 보니 1학년들이었다. 넷이

나 모여 싱글벙글 웃음을 달고 핸드폰을 들이대는 중이었다. 잠시 망설이다가 고개를 끄덕였다.

"와! 고마워요."

1학년들은 내 주위로 몰려들었다. 그중 한 명이 자연스레 내 오른쪽 어깨에 손을 얹었다.

"찍어요!"

나는 핸드폰을 향해 브이를 그려 보였다. 1학년들은 만화 속 범죄자들처럼 우스꽝스러운 표정을 지어 보였다.

그때였다.

찰칵!

사진이 찍히는 것과 동시에 선명한 깨달음 하나가 머릿속을 스치고 지나갔다.

"한 번만 더 찍어요."

나는 그 말을 무시하고 부실을 향해 달렸다.

"치사해! 배트맨이랑 코난은 다 찍어줬는데."

뒤에서 그런 소리가 들렸지만 멈추지 않았다. 생각을 정리해야 했다. 이 깨달음이 사라지기 전에.

황세미는 오른손잡이지만, 사건 현장에 남은 흔적은…… 오른손잡이의 것이 아니었다.

달마는 왼손잡이였다. 특유의 엉뚱한 생각과 말은 자신의 왼
손에서 나온다고 말하는 달마였다. 엘로드도 왼손잡이용이 따
로 있는데 오른손잡이용에 비해 두 배나 비싸다며 투덜거리기
도 했다. 달마는 볼펜도 왼손으로 잡고, 수저도 왼손으로 썼다.
그랬기에 자연스러운 일이었다. 마주 본 상태에서 왼손을 뻗어
내 오른쪽 어깨를 두드린 건.

나는 부실 문을 열고 들어갔다. 내 핸드폰은 책상에 올려놓은
그대로였다. 한 가지 달라진 건 핸드폰 아래에 이제는 익숙해진
명함이 놓여 있다는 사실이었다. 심장이 빠르게 뛰었다. 흥분감
이 심장 박동에 맞춰 온몸을 휘돌았다. 나는 명함을 집어 들었
다. 명함이 내 핸드폰 밑에 있다는 건 우리가 부실을 나간 후 전
가능 선배가 들어왔다는 의미였다. 즉, 전가능 선배 역시 학교
안에서 적극적으로 움직이고 있었다.

- .해 야해보확 를스박랙블
- .어있 로따 은들이 는려이죽 를POSS

이번에는 언뜻 보기에 이상한 문장이 두 개나 적혀 있었다.

전가능 선배가 내게 보내는 암호였다. 다행히 복잡한 암호는 아니었다. 그냥 문장을 거꾸로 쓴 것뿐이었다. 첫 번째 암호는 단번에 풀었다. 두 번째는…….

"SSOP를 죽이려는……."

지이잉.

핸드폰이 진동했다. 달마에게서 걸려온 전화였다. 나는 바로 전화를 받았다. 큰 탈을 쓰고 있는 탓에 귀에 가져다 댈 수는 없어서 스피커 모드로 전환했다.

"부장, 민지와 검색을 했는데 기사를 몇 개 찾았어. 내가 보기엔 제법 큰일인 것 같은데 기사 수가 엄청 적어."

달마는 내가 전화를 받자마자 쉬지 않고 말을 쏟아냈다.

"어떤 내용인데?"

내가 물었다.

"황세미. 이 사건에 등장하는 그 황세미가 맞는 것 같은데, 아무튼 황세미라는 사람이 A대학교 장애인 특별전형 과정에서 비리가 있었다고 주장했대. 황세미라는 이름이 특이하잖아. 아마 다른 사람은 아닐 거야. 세미라는 이름 난 들어본 적이 없거든. 민지도 그렇다고 했어. 다른 애들한테 물어도……."

"핵심만 말해줘."

"아! 딴 길로 샜네. 미안. 황세미가 주장하기를 시각장애인인

자기 동생의 시험지를 A대학교 측에서 마음대로 고쳤다는 거야. 그래서 떨어졌고 대신에 훨씬 점수가 낮았던 다른 학생이 붙었대. 그런데 이 학생이 엄청 유명한 국회의원 딸이라는 거지."

나는 머릿속 서랍에 단서를 하나씩 집어넣었다. 입시, 비리, 국회의원…… 퍼즐의 조각들이 하나둘 모이고 있었다.

"계속 말해줘."

"응. 황세미는 경찰에서 콧방귀도 안 뀐다며 직접 조사를 했고 그 결과를 인터뷰를 통해 밝혔어. 그게 우리가 읽은 기사야. 인터뷰에서 황세미는 그 국회의원이 A대학교 특수교육과 학과장에게 청탁한 사실을 밝혀냈고, 입시 과정에서 부정이 있었다는 증언을 확보했다고 했어. 증인도 세 명이나 있다고 했고. 둘은 입시 비리 관계자인데 양심선언을 준비 중인 거고, 나머지 한 명은 자기가 조사하는 걸 도와준 경찰 쪽 사람이래."

"증인 세 명……."

짚이는 게 있었다.

"맞아. 인터뷰는 거기서 끝났고 다른 기사를 찾을 수가 없어. 황세미는 모든 자료를 공개하면서 증인들과 함께 비리를 밝히겠다고 했는데 지금 이 사건이 터진 거야."

"알았어. 고마워. 혹시 모르니까 부원들 모두 대기 좀 시켜줘.

내가 도움 필요하면 바로 연락할게."

"맡겨줘. 부장."

"잠깐만."

나는 전화를 끊으려다가 퍼뜩 생각이 나 달마에게 물었다.

"네가 칼로 사람을 찌른다면 어디를 찌를 것 같아? 마주 보고 있다면 말이야."

"엥? 난 그런 짓 안 해!"

"알아. 만약에 말이야. 그럼 화분으로 뒤통수를 때린다고 했을 때 어느 쪽을 가격할 것 같아? 상대는 뒤돌아 서 있어."

"그런 건 상상도 안 해봤다니까!"

"만약이라고. 상상력을 좀 발휘해봐!"

"생각만 해도 토할 것 같아, 부장."

"그럼 네가 진짜 원펀맨이라고 생각해봐. 괴인이 앞에 나타났다면 그 무시무시한 주먹으로 어디를 때릴까?"

달마는 잠시 생각하다가 대답했다.

"그거야 뭐, 난 왼손잡이니까 괴인의 오른쪽 얼굴이겠지. 그런데 그건 왜 물어?"

"나중에 설명해줄게. 고마워!"

전화를 끊었다.

이것으로 확실해졌다. 왼손잡이는 마주 본 사람의 오른쪽 어깨를 토닥여준다. 왼손잡이는 마주 본 사람의 오른쪽 얼굴을 때린다. 왼손잡이는 마주 본 사람의 오른쪽 목을 찌른다. 전가능 선배의 말처럼 황세미는 오른손잡이다. 바로 여기서부터 오류가 시작된 것이다. 잘못 꿰기 시작한 단추처럼. 전가능 선배의 첫 번째 메시지는 바로 그걸 지적한 것이었다.

나는 전가능 선배가 남긴 암호를 다시 읽어봤다. 동시에 머릿속 퍼즐 조각을 하나씩 꺼내 제자리에 끼워 맞추기 시작했다. 그때 무전이 울렸다.

"마정민. 김 형사다."

"네. 말씀하십시오."

송신 버튼을 누르고 응답했다.

"지금 어디야?"

"체육관입니다."

"체육관?"

"네. 여기서 전가능 선배에 관한 중요한 단서를 찾았습니다. 지금 어디 계십니까?"

나는 무전을 계속하며 조용히 부실에서 나왔다.

"우린 본관 3층이야. 교무실에서 이제 막 나왔어. 우리가 체육관 쪽으로 가지."

"아닙니다. 제가 가겠습니다. 전가능 선배와 황세미는 본관에 숨어 있을 확률이 높습니다."

무전이 끊겼다. 잠시 후 대답이 돌아왔다.

"좋아. 기다릴 테니 서둘러서 와."

"네."

한 손에는 무전기, 한 손에는 엘로드와 핸드폰을 들고 복도를 걸었다. 여러 부스가 늘어서 있어 안 그래도 좁은 복도가 더 붐볐다. 별관에서 본관까지는 천천히 걸어도 10분이면 충분했다. 반면 운동장 제일 끝에 있는 체육관은 뛰어도 15분 이상은 걸렸다. 나는 최대 10분 정도의 시간을 벌어놓은 셈이었다. 이 팀장과 김 형사를 만나기 전에 확보해야 할 게 있었다. 그 10분 동안.

서둘러 밖으로 나가 주차장으로 향했다. 두 사람이 타고 온 차는 쉽게 알아볼 수 있었다. 나는 조수석이 찌그러진 회색 소나타로 다가가 안을 살폈다. 차 안에는 옷가지며 서류 같은 것들이 아무렇게나 뒹굴고 있었다.

주위를 살핀 뒤 조수석 문을 당겼다. 찌그러진 문은 김 형사의 말대로 제대로 닫히지 않은 상태였다. 문을 연 뒤 몸을 밀어 넣었다. 내가 노리는 건 하나였다. 블랙박스의 메모리카드. 전가능 선배가 거꾸로 쓴 문장 속 블랙박스는 이걸 말하는 게 틀림없었다.

애를 써봤지만 두툼한 손가락으로는 아무래도 힘들었다. 할 수 없이 장갑을 벗었다. 그때였다.

"마정민."

갑자기 무전이 날아들었다. 김 형사였다.

"어디야? 언제 와?"

"아……. 지, 지금 가고 있습니다."

"그래? 그럼 아까 그 방으로 가. 팀장님 계시니까."

"김 형사님은요?"

"주차장 가는 길이야. 차에서 뭘 가지고 올 게 있어서."

됐다!

메모리카드를 뽑는 데 성공했다. 동시에 무전기에서 잡음이 크게 들렸다. 무전기를 든 두 사람이 서로 가까워진다는 뜻이었다.

"뭐야? 잡음이 왜 이래?"

김 형사가 신경질적인 목소리로 말했다.

"저도 마침…… 주차장……."

메모리카드를 넣을 곳이 없었다. 손에 쥔 채로 장갑을 꼈다. 최대한 소리를 죽여 조수석 문을 닫고 돌아섰다. 그 순간 본관 모퉁이를 돌아 김 형사가 나타났다. 왼손에 무전기를 든 채. 김 형사는 나를 보더니 우뚝 멈춰 섰다. 나도 섣불리 움직이지 않왔다. 침묵이 흘렀다. 김 형사가 매서운 눈빛으로 나를 쏘아봤다.

"너 여기서 뭐 해?"

무전기를 든 왼손을 내려놓으며 김 형사가 물었다.

"단서를…… 찾고 있었습니다."

"단서? 주차장에서 뭔 단서를 찾아? 그것도 우리 차 앞에서."

"이게 형사님 차였습니까?"

"몰랐어?"

"네."

"그럼 무슨 단서를 찾았는데?"

"범인은 왼손잡이입니다."

"뭐?"

"두 사람을 죽인 범인, 왼손잡이입니다."

"그래서?"

김 형사가 나를 향해 다가왔다. 도망갈 곳은 없었다. 이렇게 무거운 복장을 하고는 도망가 봐야 금방 잡힐 것이다.

나는 엘로드를 들고 김 형사를 향해 내밀었다.

"그건 뭐야?"

김 형사가 으르렁거리는 것처럼 물었다.

"황세미가 오른손잡이가 확실하다면 둘을 죽인 범인이 될 수 없습니다. 설명해주신 상흔으로 보자면 범인은 분명 왼손으로 공격을 했습니다."

나는 물러서지 않고 말했다.

"너. 생각이 너무 많구나? 그런 건 우리들이 하는 거니까 묻는 거나 대답해. 우리 차 앞에서 뭘 한 거야?"

거리가 좁혀졌다. 이제는 결정해야 할 때였다. 싸울 것인가, 도망갈 것인가. 먼저 결정한 쪽은 김 형사였다. 왼손을 허리 뒤로 가져갔다. 거기서 뭐가 나올지는 뻔했다. 김 형사가 권총을 뽑은 것과 내가 엘로드로 그의 손을 후려친 것은 거의 동시였다.

"윽!"

김 형사는 총을 떨어뜨렸다. 그사이 나는 전력으로 달리기 시작했다. 무전기는 집어 던져 버렸다. 퍼즐이 점점 완성되고 있었다. 전가능 선배가 남긴 두 번째 암호가 머릿속에 떠올랐다. 거꾸로 쓴 그 문장의 진짜 의미는 두 가지였다.

- SSOP를 죽이려는 이들은 따로 있어.

전가능 선배의 말이 사실이라면, SSOP를 죽이려는 사람은 황세미가 아니었다. 그리고…… SSOP는 그 자체로 하나의 독립적인 암호였다. 선배가 너무나도 간단한 문장 거꾸로 쓰기 암호를 사용한 이유는 따로 있었다. SSOP가 그런 암호였기 때문에.

POSS.

SSOP를 거꾸로 하면 POSS가 되고, 그건 바로 '가능한'이라는 뜻의 형용사였다.

가능.

전가능.

황세미를 도와줄 세 번째 증인이 바로 귀문 고등학교 출신 전가능 선배였던 것이다. 앞의 두 사람은 죽었다. 왼손잡이 범인에 의해. 이제 남은 건 전가능 선배뿐이다. 선배는 황세미와 함께 도망치고 있다. 누군가를 죽이기 위해서가 아니라 자신들의 목숨을 지키기 위해서.

"야! 멈춰!"

뒤에서 김 형사의 목소리가 날아들었다.

"발포한다!"

나는 멈췄다. 등 뒤에서 살기가 느껴졌다. 운동장을 지나다니던 학생들이 신기하다는 표정으로 바라봤다. 가면을 뒤집어쓴 인간과 총을 든 인간이 운동장 한복판에서 대치 중이라니, 아마 무슨 이벤트쯤으로 생각하는 모양이었다.

"전가능 그 새끼 후배 아니랄까 봐 너도 뒤통수를 때려? 전가능 어디 있어? 그리고 빨리 메모리카드 내놔!"

김 형사도 바보는 아니었다. 내가 뭘 빼냈는지 단번에 알아차렸다. 나는 천천히 돌아섰다. 이 두툼한 인형 옷도 총알을 막아 주지는 못할 테니까.

"왜 그랬죠? 왜 증인들을 죽였죠? 사주를 받은 건가요? 네?"

나는 손을 들어 보인 채 물었다.

"닥쳐!"

김 형사는 그제야 주위를 살폈다. 학생들이 점점 몰려들고 있었다. 그때였다. 학생들 사이에서 요란한 탄성이 터져 나왔다. 곧 흥겨운 음악과 함께 프레디 크루거가 모습을 드러냈다. 그 옆은 배트맨이 차지하고 있었다. 코스프레 퍼레이드가 시작된 것이다.

스릴러에서 판타지로, 갑자기 바뀐 장르에 적응하지 못한 김 형사는 당황한 표정으로 이리저리 고개를 돌리기 바빴다. 퍼레이드 행렬은 우리 둘 사이를 가로질렀고 핸드폰을 들고 뒤따르는 수많은 학생들이 자연스럽게 벽을 만들었다. 그 사이로 막 무전기를 든 김 형사의 모습이 보였다. 김 형사는 학생들을 마구 밀치며 달려왔다.

그때였다.

누군가가 김 형사 앞으로 휙 뛰어들었다.

"엇!"

그 누군가는 김 형사가 미처 대비하기도 전에 품으로 파고들었다. 그러고는 그야말로 깨끗하고 멋진 업어치기를 선보였다. 김 형사의 몸이 아름다운 궤적을 그리며 바닥으로 떨어졌다.

"크윽!"

고통에 찬 신음을 흘리는 김 형사를 향해 그가 한마디를 던졌다.

"내 이름을 걸고 너희를 법의 심판대에 세울 거니까 각오해."

그가 나를 향해 돌아섰다. 나처럼 가면을 뒤집어쓰고 있었다. 명탐정 코난이었다.

"탐정은 가면을 쓰지 않지."

코난이 내게 말했다.

나는 멍하니 코난을 바라봤다.

"수고했어. 잘해줬어. 괴도 키드."

코난, 아니 전가능 선배는 나를 향해 손을 내밀었다.

6.

"우리 둘 다 목숨을 지키려면 마정민 네 도움이 필요할 거라 생각했어. 그래서 학교에 숨어들게 된 거야. 이미 짐작하고 있겠지만, 모든 사건은 국회의원의 지시를 받아 이 팀장과 김 형사가 저질렀어. 둘은 황세미는 물론 나도 제거하려고 했지."

전가능 선배는 그렇게 말했다. 그러고는 자신의 계획을 말했다.

입시 비리는 진짜였다. 꿈을 꾸며 노력했던 한 사람의 인생을 그야말로 처참하게 꺾어버렸다. 그것도 모자라 잘못을 덮기 위해 더 큰 잘못을 저질렀다. 황세미는 그 국회의원의 실명을 밝힐 예정이었고 그전에 증인들을 다시 찾아갔다. 하지만…… 이 팀장과 김 형사가 한 발 먼저 움직였다. 권력의 개가 된 그 둘은 마침내 귀문 고등학교에까지 왔다. 그리고 지금은, 나를 쫓고 있다.

"거기 서!"

김 형사는 요즘 영화에는 절대 나오지 않을 진부한 대사를 외쳐댔다. 나는 사력을 다해 달렸다. 달릴 때마다 탈이 덜렁거려 앞이 잘 보이지 않았다. 운동장을 가로질러 본관으로 향했다. 그곳은 눈 감고도 다닐 수 있었다.

"뭐야?"

내가 엄청난 기세로 달려 들어가자 부스를 지키고 있던 학생들이 놀라서 벌떡 일어났다. 나는 학생들을 밀치며 달릴 수밖에 없었다.

"잡아!"

김 형사가 그렇게 외친다 싶더니 곧 뒤에서 요란한 소리가 울려 퍼졌다. 아마 어딘가에 걸려 넘어진 것 같았다. 나는 추격을 따돌리기 위해 부스에 놓인 물건들을 닥치는 대로 집어 뒤로 던졌다. 본관 1층 복도는 아수라장이 됐다. 곳곳에서 비명이 들렸다. 나는 복도 끝으로 가 다시 운동장 쪽으로 나갈 생각이었다.

그때였다.

"멈춰!"

앞쪽에서 이 팀장이 튀어나왔다. 역시 권총을 뽑아 들고 있었다.

나는 멈춰 서서 앞뒤를 살폈다. 김 형사도 다가왔다. 포위망이 점점 좁혀지고 있었다. 학생들은 멀찌감치 물러난 채로 모든 상황을 구경 중이었다. 핸드폰으로 사진이나 동영상을 찍는 사람도 한둘이 아니었다.

"더는 도망칠 곳도 없으니까 순순히 항복해."

이 팀장이 숨을 헐떡이며 말했다.

"천천히 무릎 꿇고 손 머리 위에 올려!"

김 형사가 목소리를 높였다. 그는 넘어질 때 다쳤는지 코피를 줄줄 흘리고 있었다.

나는 꼼짝도 하지 않은 채 필사적으로 머리를 굴렸다. 조금만, 조금만 더 시간을 끌 수 있다면······.

"자, 어서 지시에 따라."

이 팀장은 그렇게 말하며 나를 향해 한 발 다가왔다. 이대로라면 잡힌다. 나는 순간적으로 판단을 내렸다. 복도에 세워 둔소화기를 향해 몸을 날렸다.

"코난! 움직이지 마!"

김 형사가 외쳤다.

장갑을 벗어 던지는 데 2초, 소화기를 집어 드는데 3초, 핀을뽑는데 1초, 그리고 레버를 누르는 데······.

소화기는 아무런 반응이 없었다. 레버를 몇 번 더 눌러도 마찬가지였다. 귀문 고등학교의 세월만큼이나 오래된 것 같은 소화기는 흰 분말을 날리며 나를 보호해주는 대신 쉬이익, 하는바람 빠지는 소리만 냈다. 움찔하며 몸을 숙였던 경찰들이 상황을 파악한 듯 다시 움직였다.

"젠장."

이번에야말로 틀린 것 같았다. 나는 소화기를 내려놓았다.

"아무리 발악해봐야 소용없다니까. 전가능."

김 형사가 씩 웃으며 다가왔다.

"이 코난 가면이 전가능이라는 거 확실하지?"

이 팀장이 김 형사에게 물었다.

"확실합니다. 전 마정민인가 하는 그 건방진 놈을 쫓고 있었는데 이 코난 가면이 나타나서는 절 방해했습니다!"

김 형사는 업어치기를 당했을 때를 떠올린 듯 얼굴을 찡그렸다.

"좋아. 전가능, 가면 벗어!"

이 팀장이 말했다. 둘의 속셈은 뻔했다. 황세미와 전가능 선배의 입을 막을 방법은 없어졌으니 아예 누명을 씌우려는 것이다. 그러자면 그림이 필요했다. 얼굴을 드러낸 범인을 당당하게 체포하는 그림.

"빨리 벗으라니까!"

김 형사가 다시 소리쳤다.

나는 천천히 가면을 벗었다. 동시에 이 팀장과 김 형사의 눈빛이 흔들렸다.

"넌 누구야?"

이 팀장이 당황한 표정으로 물었다.

"제가 마정민입니다. 저랑 계속 이야기하셨잖아요."

내가 말했다.

"너, 넌 그 가면이 아니었잖아?"

김 형사는 말까지 더듬었다.

"그렇죠. 전 괴도 키드 가면을 쓰고 있었습니다. 이 코난 가면은 전가능 선배가 쓰고 있었고요. 하지만 아까 운동장에서 바꿔

썼습니다. 지금쯤 전가능 선배는 모든 증거를 가지고 지원 요청을 했을 겁니다."

"이 새끼가 끝까지 우릴 속여?"

김 형사가 내 멱살을 잡고 외쳤다.

"상관없어. 이놈도 공범이라고 하면 돼. 그냥 체포해."

이 팀장이 말했다.

그 순간, 내가 도망쳐 들어왔던 본관 현관 쪽에서 큰 소리가 들렸다.

"출동!"

금방이라도 인간의 뇌를 따먹을 것만 같은 에이리언이 결연한 목소리로 다시 한번 외쳤다.

"출동!"

그러자 모두 달려왔다. 프레디 크루거, 원펀맨, 배트맨, 제이슨, 슈퍼마리오, 고스트페이스, 한쪽 귀가 덜렁거리는 김전일, 미스 마플, 그리고 수많은 영웅과 악당들이 진짜 악당을 향해 달려들었다.

"뭐, 뭐 하는 거야?"

당황한 경찰들은 주춤주춤 뒤로 물러났다. 코스프레부와 미스터리부 부원들은 포위하듯 이 팀장과 김 형사를 둘러쌌다. 에이리언은 내 옆으로 다가왔다.

"전가능 선배는요?"

나는 에이리언, 아니 황세미를 향해 물었다.

"방송실에. 잠시만 기다려."

그 말을 한 후 에이리언은 경찰들을 향해 성큼 다가갔다. 그러고는 목소리를 높여 외치기 시작했다.

"자! 오늘의 하이라이트. 영웅과 악당이 힘을 합쳐 부패 경찰을 잡는 코스프레 퍼포먼스를 보여드리겠습니다."

"오! 재밌겠다."

"디테일 최고다!"

황세미의 말이 떨어지기 무섭게 학생들은 더 가까이 모여들었다. 덕분에 무대가 만들어졌다. 무대 한가운데에 선 이 팀장과 김 형사는 당황해서 어쩔 줄 몰라 하는 눈치였다.

"모두 많이 찍어서 SNS에 꽉꽉 올려주세요! 그럼, 시작하겠습니다!"

황세미가 말하자 마치 기다리고 있었다는 듯 지직거리는 잡음과 함께 전가능 선배 목소리가 스피커를 타고 울려 퍼졌다.

"광역수사대 이중호 팀장과 김승현 형사는 순순히 법의 심판을 받으십시오. 제가 비밀리에 지원을 요청한 사복형사들이 도착해 그쪽으로 가고 있습니다. 두 사람은 살인교사 및 살인, 그리고 납치와 협박죄로 체포될 것입니다. 아시겠지만, 증거는 이미 확보했습니다. 자동차 블랙박스에 두 사람의 기막힌 대화가 녹화돼 있더군요. 대화 중 일부를 들려드리겠습니다. 들으면서, 본인들의 잘못을 뉘우치길 바랍니다."

"와! 진짜 같은데?"

"나 방금 소름 돋았어! 방송까지 쓸 줄은 몰랐거든."

"헐. 대박!"

학생들의 반응은 폭발적이었다.

잠시 후 이 팀장과 김 형사의 대화가 흘러나왔다.

- 팀장님. 이제 어떻게 합니까? 전가능 저 새끼가 이럴 줄은 몰랐습니다!

- 시끄러워! 침착해. 황세미와 함께 전가능도 처리하면 돼.

- 하지만 전가능이 황세미를 데리고 어디로 도망갔는지도 모르는데……

- 기다려봐. 황세미 핸드폰 암호만 풀면 목적지가 나올지도 모르니까.

- 전가능은 왜 갑자기 이런 짓을 했을까요? 설마 모든 걸 다 알고 있

는 건 아니겠죠? 저랑 팀장님이 그 사람들 죽인 거, 다 알고 있는 건 아니

겠죠?

　- 야! 김승현. 말 똑바로 해. 죽인 건 내가 아니고 너야. 너라고!

　- 무슨 말씀입니까? 현장에 같이 있었잖아요. 그 사람들이 증언하기

전에 제거해야 한다고…… 의원님이 그렇게 말씀하셨다고…….

　- 닥쳐! 혹시 잡히더라도 의원님 이름은 절대 꺼내면 안 돼. 알았지?

지금 우리가 붙들 동아줄은 그것뿐이야.

　- 네, 네. 알겠습니다. 하지만 생각만 해도 머리가 터질 것 같아서.

　- 그럼 아무 생각도 하지 마. 우린 그냥 지시하는 대로 움직이면 되는

거야. 알겠어?

　두 사람의 대화는 거기서 끝이 났다. 동시에 웅성거리는 소리

가 커졌다. 학생들은 흥미진진하다는 표정을 감추지 못한 채 이

팀장과 김 형사를 찍느라 바빴다. 둘은 얼굴을 가리기 바빴고.

"비켜주세요!"

학생들 사이에서 각진 얼굴의 남자 셋이 모습을 드러냈다. 두 말할 것도 없이 전가능 선배가 도움을 요청한 사복형사들일 것이다. 여전히 퍼포먼스라고만 생각하는 학생들은 휘파람을 불고, 환호성을 지르며 멋진 공연을 감상하고 있었다.

나는 두 사람이 체포되는 장면을 보는 대신 코난 탈을 집어 던진 후 벽에 기대 스르르 주저앉았다. 말로는 표현할 수 없는 피곤이 몰려왔다. 다만 흥분감과 생동감이 혈관을 타고 온몸 구석구석 퍼져나가 정신은 말짱했다.

전가능 선배는 모든 걸 예측했다. 두 경찰이 귀문 고등학교로 와 나를 찾으리라는 것까지. 어쩌면 이 마지막 순간 역시 머릿속에 그리고 있었을지도 모른다. 그 생각을 하자 저절로 웃음이 나왔다.

역시, 탐정 놀이는 끝내주게 재미있다.

"허영서는 독감에 걸려서 못 나온대."

달마가 그렇게 말하며 손을 내밀었다. 나는 그 손을 잡고 힘차게 일어났다.

그때였다.

순찰차 사이렌 소리가 들린다 싶더니 점점 가까워졌다. 나와 달마는 서로를 바라봤다. 전가능 선배는 분명 비밀리에 사복경찰의 도움을 요청했는데 갑자기 순찰차라니…….

"다른 사건이라도 터진 거 아닐까?"

달마가 물었다.

"에이, 설마."

나는 그렇게 말하며 복도 창문으로 바깥을 내다봤다. 운동장 안으로 순찰차가 달려 들어오고 있었다.

역보물찾기

김동식

네? 설마요! 경찰관님이 뭔가 오해를 하신 거 같아요. 우리 애들이 절대 그럴 리가 없어요. 착각하신 걸 거예요. 우리 애들은 담임인 제가 제일 잘 알죠~. 그 아이들이 얼마나 착한데요. 그래서 이번 축제 때 우리 반 보물찾기도 일부러 그 네 명에게 믿고 맡긴 거라고요.

　우리 반장 새록이는요, 얼마나 착하고 똑 부러지는지 몰라요. 선생인 제가 믿고 의지할 정도라니까요? 늘 하기 싫다고 하는데 막상 시키면 툴툴대면서도 다 잘하는 아이예요. 맹해 보여도 가끔은 정말 천재 같아요.

　그리고 정말 유명한 우리 민희, 다정이, 유나는 완전 우리 반 대표 1군이에요! 원래 행사 같은 거 하면 애들이 잘 안 하려고 하거든요? 근데 이 친구들이 항상 적극적으로 나서줘서 얼마나 고맙고 편한지 몰라요.

이런 아이들만 있으면 정말 수업이 편하다니까요?

특히 민희가 항상 적극적으로 으쌰으쌰 하는 성격이라, 선생님들의 가장 든든한 보험이죠.

다정이는 또 전교 2등이에요. 근데 공부한다고 빼지도 않고, 뭘 시켜도 척척! 모범생도 이런 모범생이 없어요. 우리 선생님들 모두 다정이를 좋아한다니까요.

유나는 완전 아이돌로 통해요. 인형 같아요, 정말. 그렇게 예쁜데 전혀 새침하지도 않고, 얼마나 인기가 많은지 몰라요.

하여간, 아니에요, 경찰관님. 아무렴요. 우리 애들은 담임인 제가 제일 잘 알아요~.

◇◇◇

"일어나! 아침 일찍 깨워달라며! 강새록!"

"으······."

"일어나라니까! 나중에 원망하지 말고!"

엄마, 제발 그만. 내가 언제 일찍 깨워달라고 했어? 내가 왜······. 응?

"헉! 엄마! 오늘 축제!"

"그래, 이 녀석아! 뭐 중요한 일 맡았다고 일찍 나가야 한다며! 얼른 일어나!"

"몇 시야?"

나는 벌떡 일어나 책상으로 뛰어갔다. 책상 위 준비해놓은 것들을 점검할 때, 엄마가 내 등을 치며 말했다.

"안 늦었으니까 얼른 씻고 밥 먹어!"

"밥 먹을 시간 없는데, 으!"

아니, 있나? 그래도 밥은 먹어야겠지?

"무슨 반찬이야, 엄마? 든든히 먹어야 하는데, 나!"

"으이구, 나와서 밥이나 퍼."

방을 나서는 엄마를 뒤따라 주방으로 간 나는 식기를 세팅했다. 내 밥은 꾹꾹 눌러 담았다. 오늘은 아무래도 많이 뛰어야 할 테니까!

◇◇◇

"욱."

밥을 너무 많이 먹었나? 오늘따라 교문이 멀고 높다. 아니, 사실 매일 멀고 높지. 이러니까 맨날 다리에 알이 배긴다니까.

그나저나, 아침 여섯 시에 등교하는 애들이 왜 이렇게 많아? 역시 축제 날이라 그런가? 설마 유나랑 민희랑 다정이도 벌써 왔으려나? 에이, 설마. 내가 1등이겠지? 여섯 시도 안 됐는데.

"1등으로 도착하자!"

나는 힘을 쥐어짜서 달렸다. 그러나, 교실에 들어서자마자 깜짝 놀라야 했다.

"뭐야! 너희들 벌써 왔어?"

"일찍 와서 준비해야지."

"벌써 일도 하고 있다고?"

교실 안에는 유나, 민희, 다정이가 보물찾기 쪽지를 정리하고 있었다.

"누가 시키지도 않았는데 이렇게 일찍 나와서 일을 하고 있어? 하여간 너희 성실한 건 알아줘야 해."

"그냥 할 일 하는 거지 뭐."

"아니야. 반장으로서 대표해서 말하는데, 너희 같은 애들만 있으면 지구도 정복하겠다."

"아하하."

나는 얼른 가방을 내려놓고 힌트 쪽지 접기에 합류했다.

"이 표시가 1차 힌트지? 일단 오전에 1차 힌트만 뿌릴 거고."

"맞아. 유료 힌트는 저기 모아뒀어."

"어엉, 그래. 유료 힌트는 한 시간 일찍 구매가 가능하도록 하기로 했지, 우리?"

"응. 아무래도 30분은 너무 짧으니까."

"엉. 으……. 이제 진짜 실감 나네. 기대된다. 누가 이 힌트를 풀어서 상품을 타 갈까?"

"방탈출카페 같은 데 가본 애들이 풀지 않을까?"

"그럴까? 그럼 좀 불공평하네. 1등 상품이 무려 아이패드인데!"

"문제가 어려우니까 뭐. 괜찮을 거야."

"그럴까? 하긴, 이 문제들 만드느라고 얼마나 고생했는데."

넷이 달라붙어서 쪽지를 접으니 금방 끝났다. 이제 판매용 상자에 옮겨 담기만 하면 됐다. 다정이가 일어나려는 걸 내가 먼저 일어났다.

"괜찮아. 혼자 들고 올게."

나는 교실 뒤쪽에 놓아둔 검은 상자를 가지고 와 책상 위에 놓았다. 그리고 직접 뚜껑을 잠가둔 열쇠 자물쇠를 풀었다.

"비번이 7942였지?"

"응."

'철컥' 하며 열쇠를 푼 뒤 뚜껑이 열렸을 때, 가장 먼저 흰색이 눈에 들어왔다.

"어? 이게 뭐야."

"응?"

상자 안에 웬 종이 한 장이 들어 있었다.

[문제 수준이 이게 뭐냐? 너무 쉽네! 상품은 내가 다 가져간
다. ㅋㅋㅋ]

"뭐, 뭐야?"

"뭐라고?"

누군가 삐뚤빼뚤한 필체로 장난스럽게 쓴 문장이었다. 그 문
장의 내용은 우리를 불안하게 했다.

"이게 무슨 뜻이야? 상품을 가져간다니?"

"누가 이 안에 이런 걸 넣었지?"

모두의 눈이 흔들릴 때, 난 급하게 셋을 향해 물었다.

"오늘 아침에 상품 확인해봤어? 체크한 사람?"

"어? 아, 아니?"

"우리 같이 와서 바로 여기 있었는데."

"뭐라고? 그럼 어젯밤에 숨긴 이후로 지금 보물이 그대로인
지 아무도 모른다는 거 아니야?"

내 말에 셋의 표정이 창백해졌다. 나는 황급히 일어나며 외
쳤다.

"빨리 가서 보물 확인해보자! 내가 소나무로 갈게. 너희가 나

머지 가봐!"

우리는 급히 교실을 빠져나가 복도를 뛰었다. 운동장으로 나간 나는 고급 만년필이 숨겨진 소나무로 달려갔다. 결과는 허탈했다.

[늦었지롱. ㅋㅋㅋ]

"뭐야!"

나는 이어 다른 아이들을 향해 갔다. 중간에 만난 유나가 울상으로 쪽지를 보여주었다.

"이거 좀 봐."

[에이팟도 있네. 좋아. ㅋㅋㅋ]

"으! 뭐야, 진짜!"

"어떡하지? 다른 상품은? 설마 아이패드도!"

"아이패드는 절대 안 돼!"

발을 동동 구르고 있을 때, 민희에게 전화가 왔다.

"큰일 났어!"

"왜?"

"아이패드가 없어졌는데, 아, 일단 빨리 교실로 와봐!"

유나와 함께 교실로 달려가니, 민희와 다정이가 심각한 얼굴로 종이를 보여주었다.

[보물은 이 괴도 뤼팽 님께서 모두 훔쳤다. 이제부터는 '역보물찾기'다! 내가 숨겨놓은 보물을 찾아봐! 축제가 시작하기 전까지 찾는 게 좋겠지? 너희 머리로 과연 이 문제를 풀 수 있을까? ㅋㅋㅋㅋ]

"역보물찾기라고?"

"어쩌지? 일단 선생님한테 말할까?"

"아으, 뭐야, 진짜! 누가 이런 짓을 한 거야?"

당황하는 아이들을 보면서 나는 혼자 심각해졌다.

"보물 숨겨둔 곳 우리밖에 모르지? 힌트도 우리밖에 모르고?"

"어? 응."

"검은 상자의 자물쇠 비밀번호도 우리밖에 몰랐어. 근데 그 안에 종이가 들어 있었다는 건……."

"어?"

"우리 중 누군가가 의심받을 수 있다는 거 아니야?"

내 말에 셋의 얼굴이 창백해졌다.

"말도 안 돼!"

"우리 중에 누가 그래! 우리가 왜?"

"1등 상품이 아이패드잖아! 학교 돈으로 산 건데, 근데 만약 범인이 이대로 안 나타난다면? 그럼 우리가 뒤집어쓸 가능성이 있다는 거야. 선생님께 말해서 해결이 되면 다행이지만, 혹시라도……."

"절대 안 돼! 난 안 그랬어!"

다정이가 비명처럼 소리를 질렀다. 전교 2등 모범생인 다정이에게 이런 불미스러운 일은 절대 있어선 안 될 일이었다. 나는 흥분하려는 모두를 진정시켰다.

"우리끼리 서로 의심하자는 게 아니야. 너희처럼 착한 애들이 그런 짓을 저지를 리 없다는 건 내가 더 잘 알아. 물론 선생님들도 다 아실 거고. 하지만 의심은 받을 수 있다는 거지. 우리가 하지 않았더라도."

"그럼 어떡해?"

난 종이를 집어 들었다.

"선생님은 아직 출근도 안 하셨고, 그전에 일단 이걸 먼저 풀어봐야 할 것 같아. 문제. 이 도둑놈이 남긴 문제 말이야."

종이에는 이렇게 쓰여 있었다.

머삐가 □ 우

★ □은 머리에 쓰는 것.

"머삐가우? 이게 뭐야?"

"뭔지는 몰라도 일단 이걸 푸는 게 중요할 것 같아. 선생님께 말하는 건 하더라도, 아직 시간이 있잖아."

내 말에 민희와 다정이가 집중해서 종이를 들여다보았다. 유나는 울 것 같은 얼굴로 이게 뭐냐며 속상해하기만 했다. 곧, 민희가 말했다.

"TV에서 봤어! 이거 애너그램 아니야? 자음과 모음을 분리해서 따로 합치면 특정 단어가 나오는 거!"

"아, 그래서 말도 안 되는 단어인 거구나? 그럼, 자음과 모음의 위치를 바꿔서 말이 되는 단어를 만들면 되는 거네?"

"근데 한 칸이 비어 있잖아. 거기에 뭐가 들어 있는지를 알아야……."

"그 칸에 대한 힌트가 있잖아. 머리에 쓰는 거. 머리에 쓰는 게 뭐지? 한 글자로 된 머리에 쓰는 거? 머리핀 할 때 핀인가?"

나는 노트를 펼쳤고, 다른 친구들도 각자 노트를 펼쳤다. 모두 머리를 맞대고 추리에 들어갔다.

"자음과 모음이 각 4개씩 총 8개네. 아무래도 정답은 장소가 아닐까? 숨겨둔 곳이니까. 일단 생각나는 장소를 다 써보자."

"근데 'ㅃ'이 들어간 장소가 있어?"

"으음. 뽑기방? 안 되지, 이건?"

"말괄량이 삐삐?"

우리는 쌍비읍이 들어간 모든 단어를 말하기 시작했다. 그때 문득, 한 단어가 떠올랐다.

"뻐꾸기? 어? 겹치는 게 많은 거 같은데?"

"어, 그러네?"

나는 얼른 종이에서 '뻐꾸기' 자음과 모음을 하나씩 그어봤다. 제거하고 남은 건 'ㅁ', 'ㅏ', 'ㅇ'. 모자란 건 'ㄲ'. 그 순간, 나는 벼락처럼 외쳤다.

"엄마 뻐꾸기 조각상! 기술 쌤!"

기술 선생님이 취미로 만든 조각상 중에 분명 '엄마 뻐꾸기'란 이름의 조각상이 있었다. 도서관 갈 때마다 복도에 전시된 걸 보지 않았던가?

"맞아! 우리 학교에 뻐꾸기는 그거밖에 없어! 엄마 뻐꾸기!"

나는 급하게 메모장에 '엄마'의 자음과 모음 다섯 개를 썼다. 거기서 'ㅁ', 'ㅇ', 'ㅏ'를 뺐더니 'ㅁ'과 'ㅓ'가 남았다. 그럼 아까 뻐꾸기에서 모자랐던 'ㄲ'을 넣으면 빈칸의 단어는…….

"껌? 껌이라고? 이런 씨! 껌이 왜 머리에 쓰는 것이야?"

나는 어이가 없어서 문제의 힌트를 보았다. 이게 무슨 말도 안 되는 힌트란 말인가? 아니면 설마 엄마 뻐꾸기가 아닌가?

"일단, 조각상에 가보자!"

"그, 그래!"

우리는 모두 함께 도서관으로 향했다. 복도 창문에 기술 선생님의 조각상들이 서 있었는데, 자세히 보니 엄마 뻐꾸기 뒤에 상자가 하나 있었다.

"맞네! 이거 만년필이잖아!"

"딴 거는?"

얼른 만년필을 회수한 우리를 맞이하는 건 또 다른 종이였다.

[맞혔네! 역시 다정이가 맞혔지?]

전교 2등 다정이가 아닌 내가 맞혔지만, 지금 그게 중요한 게 아니었다.

[이거 하나 맞혔다고 끝이 아니야. 다음 상품도 되찾고 싶으면 이 문제를 풀어봐. ㅋㅋㅋ]

새로운 문제 종이에는 이렇게 쓰여 있었다.

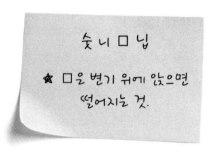

"숫니님? 이건 또 뭐야?"

유나가 얼굴을 붉히며 조심스럽게 말했다.

"변기에서 떨어지는 건······, 똥밖에 없지 않아?"

민희와 다정이도 그렇게밖에 생각 못하는 듯했지만, 내 생각은 달랐다.

"야! 그 힌트 믿지 마! 그거 힌트가 아니라 방해용이야! 머리에 쓰는 게 껌인 게 말이나 돼? 사실 따지고 보면 저 별표가 힌트라는 말도 없었어."

"그럴까?"

"일단 교실에 가서 다시 해석해보자. 지금 몇 시지?"

"6시 55분."

"으악!"

얼른 교실로 돌아간 우리는 다시 한번 애너그램 풀기에 들어
갔다.

"똥밖에 생각 안 나. 어떡해!"

"나도 그래. 미치겠네, 정말. 으으……."

"집중해보자."

나는 공책에 '숫니닙'의 자음과 모음을 모두 분리해서 쓰며
말했다.

"아까 첫 번째는 문제도 다섯 칸이고 정답도 다섯 칸이었잖
아? 이번엔 네 칸이니까 네 글자 정답일 수 있어."

"너무 막연해. 그리고 자꾸 똥만 생각나. 똥 지옥에 빠진 것
같아."

"똥에서 좀 빠져나와! 일단, 주어진 단어에서 떠오르는 단어
다 써보자. 아까처럼 쓰다 보면 나올 수 있어."

우리는 골똘히 생각에 잠겼지만, 쉽게 나오지 않았다. 조합이
어려운 글자였다.

['ㅅ', 'ㅜ', 'ㅅ', 'ㄴ', 'ㅣ'] , 'ㄴ', 'ㅣ'] , 'ㅂ']

웅? 겹치는 게 되게 많네. 'ㅅ'도 두 개 'ㄴ'도 두 개 'ㅣ'도 두 개. 안 겹치는 건 'ㅂ'과 'ㅜ'뿐인가……. 어? 부?

"잠깐만! 이거 혹시 부로 끝나는 단어 아닐까? 학교에 많잖아! 독서부! 축구부! 야구부!"

"부라고?"

"우리 학교에 무슨 무슨 부가 있지? 'ㅅ'이나 'ㄴ'이 들어가는 부."

'ㅅ'이 들어가는 부? 'ㅅ'이 들어가는 부……. 아!

"신문부? 신문부가 되나? 얘들아, 신문부 되나 대입해봐!"

내 말에 민희와 다정이가 공책에 자음과 모음을 빼보기 시작했다. 순간, 번쩍하며 하나가 더 떠올랐다.

"정답이 네 글자면, 부실까지! 신문부실이 정답 아니야, 혹시?"

"어어, 잠깐만."

"신문부실이면 'ㅅ'도 두 개 들어가!"

확신이 들었다. 체크하지 않아도 정답이라는 직감이 들었다. 아니나 다를까, 자음과 모음이 대부분 겹쳤다. 공책에서 고개를 든 다정이가 놀라 말했다.

"정말이야! 빈칸에 '물'이 들어가면 신문부실이 나와!"

"물이라고? 변기 위에 앉으면 떨어지는 게 물이야?"

"변기 물 내리는 걸 말하는 건가?"

물 내리는 걸 그렇게 힌트를 쳤다고? 애매하지만, 이거 말고는 생각이 안 든다.

"아무튼 빨리 가보자! 정답인지 확인해보자고!"

우리는 신문부실로 향했다. 벌써 복도 곳곳에 아이들이 보였다. 유나가 걱정스레 말했다.

"축제 시작할 때까지 못 찾는 거 아니야? 이제 곧 시작하잖아."

"다 찾고 원래 장소에 다시 숨겨두기까지 해야 하잖아! 아, 어떡해."

"일단 찾고 보자."

다급해진 우리는 속도를 올렸다. 도착한 신문부실은 이미 한 학생이 등교해서 문이 열려 있었다. 1학년 후배로 보이는 친구가 우리에게 물었다.

"무슨 일이신가요?"

"어, 저기……, 혹시 잠깐만 둘러봐도 될까?"

"네?"

"미안해. 일단 잠시."

우리는 다짜고짜 신문부실 안을 뒤지기 시작했다. 주변을 두리번거리던 나는 '신문부실'이라고 쓰인 액자로 향했다.

"찾았다!"

"있어?"

액자 뒤에는 에어팟과 함께 종이가 있었다.

[이번 문제는 유나가 맞혔지?]

아까는 다정이가 풀었냐고 하더니? 내가 풀었는데…….

[마지막 문제를 풀어야 아이패드를 돌려받을 수 있는 거 알 지? 잘 풀어봐. ㅋㅋㅋ]

이번에도 역시 그 문제가 적혀 있었다.

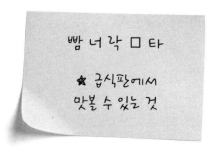

"빰너락타? 이건 또 뭐야 진짜!"

속상해하고 있을 시간이 없었다. 벌써 축제가 시작되고 있었다.

"일단 가서 풀자."

교실로 돌아간 우리는 기겁했다. 이미 많은 아이들이 등교해 있었는데, 우리가 보물찾기 힌트 쪽지를 그대로 책상에 두고 왔었던 거다!

"얘들아, 이거 뭐야? 이거 그 아이패드 보물찾기 힌트야? 이렇게 둬도 돼?"

"아!"

유나는 완전히 망했다며 주저앉아버렸다. 나와 민희가 허둥지둥 쪽지를 회수하며 아이들에게 말했다.

"이거 절대 비밀이야. 어디 누설하면 안 돼! 오후에 공개해야 한단 말이야. 알았지?"

다행히 많이 펼쳐본 것 같지는 않았다. 우린 쪽지를 상자 안에 넣고 밀봉한 뒤, 자리에 앉았다.

"최대한 빨리 문제를 풀어서 아이패드를 찾아와야 해."

나는 공책에 자음과 모음을 나열했다. 몇 번의 경험 덕분에 이젠 익숙했다.

['ㅃ', 'ㅏ', 'ㅁ', 'ㄴ', 'ㅓ', 'ㄹ', 'ㅏ', 'ㄱ', 'ㅌ', 'ㅏ']

나는 공책 위에 펜을 움직이며 의식의 흐름대로 혼잣말하듯 설명했다.

"자음 여섯에 모음 넷이야. 정답은 총 다섯 글자겠지? 숨겨진 글자까지 생각하면 자음은 최소 일곱, 최대 아홉이야. 자음이 너무 많아. 받침이 들어간 단어가 최소 둘에서 넷이란 말이지. 특이한 건 모음 'ㅏ'가 셋이나 된다는 건데, 현재 공개된 자음에 붙여보면 '빠', '마', '나', '라', '가', '타' 여섯이야. 받침이 들어간 단어가 최소 둘에서 넷이니까, 숨겨진 단어를 제외하고도 하나는 반드시 'ㅏ'에 받침 있는 글자야. 그럼 자음 하나당 경우의 수를 생각해보면 단어는……."

의식의 흐름대로 말하다 보니 어느 순간, 난 혼자만의 세계에 빠져들어서 주절대기 시작했다. 뒤늦게 정신 차렸을 땐, 세 친구가 신기한 눈으로 나를 바라보고 있었다.

"새록이 너 진짜 대박이다."

"으, 응?"

"무슨 천재 같아."

"아이, 아니야."

괜히 민망해져서 나는 빠르게 공책을 들이밀었다.

"이 'ㅃ'은 받침으로 사용될 수 없어. 그럼 빠 아니면 뻐인데, 둘 다 받침을 포함한 경우의 수를 적어보자면 이래. 빠 빰 빤 빨

빡. 뻐 뺌 뻔 뻴 빽. 단어에 흔히 쓰이지 않는 받침은 제외했는데, 저 중에 한 글자는 반드시 정답이야. 자, 그럼 다음 'ㅁ'이 나올 수 있는 건……."

빽빽하게 공책을 채워가던 나는, 셋이 멀뚱멀뚱 보고만 있는 걸 깨달았다.

"왜?"

"어려워. 시간도 없고. 그냥 선생님께 말할 수밖에 없지 않아?"

"음."

다정이의 그 말도 일리가 있었다. 솔직히 지금 아이패드를 찾는다고 해도 그걸 다시 우리가 정한 보물찾기 장소에 숨길 수 있을까? 아이들 눈에 안 띄게 숨기려고 일부러 어젯밤에 숨겼었지 않은가.

"별수 없네. 보물찾기는 포기해야 할 것도 같다. 교무실로 가자."

나는 펜을 내려놓고 자리에서 일어났다. 우린 다 같이 우울한 걸음으로 교무실에 도착했다. 우리를 본 담임 선생님이 웃으며 말했다.

"우리 반 대표들 왔어? 보물찾기 준비는 잘 되어가?"

"그게, 선생님……."

나는 종이들을 선생님께 보여드리며 모든 일을 설명했다. 깜짝 놀란 담임 선생님은 우리만큼이나 당황했다.

"이게 다 정말이니?"

"네."

"세상에, 누가 이런 짓을 저지른 거니? 세상에!"

할 말이 없는 우리로서는 괜히 죄인처럼 서 있을 수밖에 없었다. 담임 선생님은 깊게 한숨을 내쉬더니 말했다.

"보물찾기는 취소해야겠네. 어쩔 수 없잖아, 그치?"

"네……."

"근데 이미 아이패드는 전교생이 다 기대하고 있어서 취소할 순 없고, 추첨 뽑기로 전환할까? 축제 막판에 번호표를 뽑는 거로 말이야. 지금부터 번호 준비하면 할 수 있겠니?"

"아, 네. 가능할 것 같아요. "

"알겠어. 그럼 그렇게 하고, 근데 아이패드를 못 찾았다고?"

"네……."

"큰일인데. 학교에서도 이번에 과감하게 지원한 건데, 그거 못 찾으면 안 될 것 같아, 얘들아. 축제에서 제일 크게 광고한 건데. 너희가 앞에 두 개는 그 애너그램 문제를 풀어서 찾았다고 했지? 아이패드도 꼭 찾아야 할 것 같아, 너희가."

"네……."

"만약 못 찾으면…… . 어휴."

뒷말은 하지 않았지만, 선생님의 표정만으로도 어떤 일이 벌어질지 그려졌다. 그때, 근처 수학 쌤이 의자를 돌리며 끼어들었다.

"설마 너희들이 아이패드 욕심나서 그런 거 아니지?"

"네? 아니에요!"

"절대 아니에요!"

우린 격하게 몸부림쳤고, 담임 선생님도 거들었다.

"선생님! 얘들이 얼마나 착한 아이들인데요."

"흠…… . 아이패드가 한두 푼 하는 게 아니니까 조심했어야지, 이것들아."

수학 쌤은 다시 의자를 돌려버렸지만, 믿는다는 느낌이 아니었다. 순식간에 공포가 밀려왔다. 분명 이 의혹은 이대로 끝나지 않는다. 담임 쌤은 어서 가서 찾아보라며 우릴 교무실 밖으로 내보내주었다.

"진짜 어떡해!"

"왜 이런 일이 벌어진 거야, 정말!"

우린 너무 억울해서 눈물이 날 것 같은 심정으로 교실까지 돌아왔다. 난 축 처진 아이들을 격려하며 말했다.

"찾자. 찾는 수밖에 없어. 두 개는 찾았으니까, 아이패드도 찾을 수 있어."

모두 다 함께 공책의 애너그램을 노려보았다. 앞선 두 문제가
금방 풀렸으니, 이 문제도 쉽게 풀릴 줄 알았다. 아니었다. 아무
리 생각해도 답이 안 나왔다. 시간만 속절없이 흘러갔다.

"미치겠네! 정답이 도대체 뭐야?"

"애초에 빈칸이 있는 애너그램을 어떻게 풀라는 거야."

"빈칸 힌트도 너무 광범위하잖아. 급식판에서 맛볼 수 있는
게 한두 개여야지."

빈칸을 먼저 풀어야만 답이 나올까?

"첫 번째 문제의 빈칸 힌트는 '머리에 쓰는 것'이었고 정답이
'껌'이었어. 두 번째는 '변기 위에 앉으면 떨어지는 것'이었고 정
답은 '물'이었지. 그럼 '급식판에서 맛볼 수 있는 것'의 정답은
뭘까? 어떤 규칙이 숨어 있지? 한 글자로 된 음식이면, 밥? 국?
떡?"

모두에게 생각해보자며 풀이하듯 말해보았다. 셋은 골똘히
생각해보는 듯했다. 그런데 일순간, 민희의 표정이 급변했다. 뭐
지? 혹시 알아냈나?

"민희야? 알겠어?"

"어? 아, 아니. 아니야."

"응?"

뭐지? 방금 분명 그 눈빛은 무언가를 알아챈 눈빛이었는데?
저 어색한 모습은 뭐지?

"민희야?"

"아니야. 모르겠어."

"어, 그래……."

이상했다. 이후로도 민희의 낌새가 어쩐지 불안정해 보였다.
뭘까?

어느새 점심시간이 훌쩍 지났다. 다들 축제를 즐기고 있었지
만, 우린 그럴 수 없었다. 이 애너그램과의 씨름을 끝내야만 했
다. 곧, 담임 쌤이 찾아왔다.

"아직도 못 찾았니? 큰일이다, 정말……."

"네……."

"교감 선생님께서 보물찾기가 어떻게 됐냐고 물으셨거든? 뽑
기로 대체한다고 하긴 했는데, 어쩌지?"

"아……."

담임 쌤이 한숨을 내쉬며 돌아간 뒤, 우린 더 초조해졌다. 그
래서인지 더 답이 안 보였다.

"차라리 교내를 막 뒤지고 다닐까? 그게 빠르겠다."

"그럼 혹시 다른 애들이 먼저 찾지 않았을까?"

나는 아까부터 말이 없던 민희가 신경 쓰였다. 창백해진 안색으로 고개만 숙이고 있는 모습은 분명, 무언가 있었다. 난 조용한 목소리로 민희에게 말했다.

"민희야, 모르겠어? 이거 꼭 풀어야 할 것 같은데……."

"으음."

갈등하는 듯하던 민희를 다정이가, 유나가 돌아보았다. 그들도 이상함을 느꼈는지, 다정이가 재촉했다.

"민희야, 너 아는 게 있으면 뭐라도 말해봐! 우리 큰일 나게 생겼잖아, 정말!"

인상을 찡그리던 민희는 결국, 말했다.

"빈칸에 들어갈 단어가 '침' 같아."

"침? 침이라고?"

왜? 왜 침이지? 나는 물론, 다른 둘도 이해가 가지 않는 듯했다. 다정이가 인상을 쓰며 말했다.

"왜 침이라고 생각하는데? 급식판에서 맛볼 수 있는 게 뭐 때문에 침이라……. 아!"

순간, 다정이의 두 눈이 휘둥그레졌다. 순식간에 민희와 같은 표정이 되었다. 뭐지? 뭐가 있는 거야?

"난 그냥, 평범한 답은 아닐 거잖아. 일단 누구나 침은 먹을 수밖에 없고……."

고개를 돌리며 말하는 민희의 모습에 의문이 들었다. 분명히 무언가 있는데……. 그래도 일단, 지금은 문제가 급하다. 침이라는 단어를 애너그램에 추가해보면.

"뺌너락침타. 자음 여덟 개 모음 다섯 개. 정답을 다섯 글자로 가정하면 받침이 들어간 글자가 셋일 확률이 높아. 쌍받침 단어는 칡 정도밖에 없으니까. 그럼 숫자가 적은 받침 없는 두 글자를 유추해보자면……."

나는 신들린 듯이 펜을 놀려댔다.

[빠 마 나 라 가 차 마, 뻐 머 러 거 처 머 터, 삐 미 니 리 기 치 미 티]

"너와 타는 애너그램 중복이라 뺐어. 이 스물두 글자 중에 두 글자가 무조건 정답이야. 다음으로 받침 세 글자를 유추해보면……."

[빤 빨 빡 빴 빹, 뺌 뻔 뻘 뻑 뻣 뻘, 뼘 뻰 뻴 삑 삣 삩 / 만 말 막 맞 맘 맡, 먼 멀 먹 몆 멈 멑, 민 밀 믹 및 밈 밑 / 남 날 낙 낯 낱, 넘 널 넉 녗 넡, 님 닐 닉 닞 닡 / 람 란 랓 랕, 럼 런 럭 렂 렅, 림 린 릭 릊 릴 / 감 간 갈 갖 같, 검 건 걸 겆 겉, 김 긴 길 깆 깉 /

참 찬 찰 착 찲, 첨 천 철 척 첳 / 탐 탄 탈 탁 탗, 텀 턴 털 턱 텇, 팀 틴 틸 틱 팇]

"이렇게 나오긴 하는데, 이 중에 단어에 잘 안 쓰이는 걸 임의로 제외하면……."

[빤 빨 빡, 뻠 뻔 뻘 뻑, 뻰 뻴 뻭 / 만 말 막 맘 맡, 먼 멀 먹 멈, 민 밀 믹 및 밈 밑 / 남 날 낙 낯 낡, 넘 널 넉, 님 닐 닉 / 람 란, 럼 런 럭, 림 린 릭 / 감 간 갈 같, 검 건 걸 겉, 김 긴 길 / 참 찬 찰 착, 첨 천 철 척, 친 칠 칙 / 탐 탄 탈 탁, 텀 턴 털 턱, 팀 틴 틸 틱]

"이렇게 나와. 이 중에 세 글자는 반드시 정답이야. 특히 'ㅏ'에 받침 글자가 최소한 한 개는 무조건 포함되는데, 그 목록은……."

[빤 빨 빡 만 말 막 맘 맡 남 날 낙 낯 날 람 란 감 간 갈 같 참 찬 찰 착 탐 탄 탈 탁]

"이 중에 최소 한 개, 최대 세 개까지 무조건 정답 글자야."

227

손목이 아파올 정도로 빠르게 노트를 채우고 고개를 들었을 때, 나를 바라보는 세 친구의 표정이 멍한 게 보였다. 이런……. 이해한 것 같지 않으니, 역할을 직접 줘야지.

"너희는 여기 받침 없는 스물두 글자 중에 무조건 정답인 두 개를 유추해봐. 난 세 글자를 추리해볼게."

"어어, 알았어."

나는 순수 노가다 작업으로 앞에서부터 하나씩 대입해보았다. 종일 걸릴 수도 있겠지만, 그 방법이 결국 가장 빠르겠지.

빤빨, 빤빡, 빤만, 빤말, 빤막, 빤맘…… 빨빤, 빨빡, 빨빡, 빨만, 빨말, 빨막, 빨맘, 빨맡, 빨남, 빨날, 빨낙, 빨낯, 빨날, 빨람, 빨란, 빨감, 빨간……. 어? 빨간?

"빨간! 빨간이란 단어 나온다. 빨간색? 아니, 색은 없어. 빨간……, 빨간……."

'빰녀락침타'에서 빨간을 빼면 'ㅁ', 'ㅓ', 'ㅊ', 'ㅣ', 'ㅁ', 'ㅌ', 'ㅏ', 머침타? 이 중에 받침 없는 두 글자가 있어. 머 미 마 처 치 차 터 티 타. 이 아홉 글자 중에 두 글자는 정답인데. 붙은 단어일까? 머미? 마미? 치타? 치마? 처마? 응? 처마? 우리 학교에 처마가 어디 어디에 있었지……? 아!

"소각장에 처마가 있잖아! 빨간색 그거! 빨간 처마, 그리고 밑! 빨간 처마 밑! 모든 자음과 모음이 사용되는 글자인 데다가

장소야! 여기가 분명해!"

나는 물어볼 것도 없이 교실 밖으로 달려나갔고, 친구들도 뒤따랐다. 혹시 다른 학생들이 찾기 전에 먼저 도착해야만 했다. 다행히 소각장 쪽은 인적이 드물었기에 도착할 때까지 학생들은 없었다. 도착한 그곳 처마 밑에 나무 상자가 뒤집혀 있는 걸 본 순간, 난 잴 것도 없이 바로 뒤집어 열었다.

"뭐야!"

예상과는 달리 아이패드가 없었다. 대신 종이 한 장이 있었다.

[이번 문제는 민희가 맞혔지? 근데 아이패드는 내가 가질 거야. ㅋㅋㅋ 만약 아이패드를 되찾고 싶다면 오늘 안에 찾아야 할 거야. 넷 중 누가 범인인지!]

뭐라고? 넷 중에 누가 범인이냐고? 우리 중에 이 짓을 저지른 범인이 있다고?

나도 모르게 셋을 돌아보았다. 한데, 셋은 똑같은 얼굴로 종이를 바라보고 있었다. 그들의 시선이 향한 곳은 종이의 마지막에 적힌 문제였다.

★ 1학년 1반 23번

"뭐야 이거? 애너그램조차도 아니잖아? 1학년 1반 23번은 또 무슨 힌트인데?"

뭘까? 도저히 이해할 수 없었다. 더 이해할 수 없는 건, 이 문제를 보고 있는 세 친구의 표정이다. 뭐가 저리 심각하지?

민희와 다정이가 동시에 유나를 돌아보았다. 유나의 눈동자가 흔들렸지만, 셋 모두 말이 없었다. 뭐지?

"왜 그래? 알 것 같아?"

"아니, 아니야……."

"그래?"

왠지 찜찜하다. 만에 하나라도, 이 셋 중 누군가 범인이라면…… 과연 누굴까?

"음."

지금 당장은 그런 걸 따질 때가 아니다.

"일단 1학년 1반 23번이 누군지 찾아가보자."

나는 앞장섰고, 셋도 따라왔다. 그러나 가는 내내 셋은 조용했다. 뭘까? 무언가 있는데, 도대체 뭘까?

◇◇◇

"뭐라고? 1학년 1반에 23번이 없다고?"

"네. 22번까지예요."

뭐야, 이거? 골치가 아프다. 1학년 1반에 23번이 없다면, 이건 무슨 의미지?

내가 종이를 노려보며 심각하게 궁리하고 있을 때, 후배가 말했다.

"근데 선배님, 아이패드 도둑맞았다는 거 사실이에요?"

"뭐?"

우리 넷은 깜짝 놀랐다.

"네가 그걸 어떻게 알아?"

"그냥, 소문이 다 났던데요. 근데 다들 축제 때 그 상품 기대했었으니까요……."

"아……."

전교에 소문이 다 났다고? 미치겠네, 진짜!

"아으, 어쩌지?"

"우리 큰일 난 거 아니야?"

유나는 또 울 것 같은 얼굴이다. 근데 그 말이 사실이지. 큰일 났다. 어쩌지?

"아 일단, 담임 쌤께 말하자."

"안 돼!"

다정이가 갑자기 소리를 질러서 깜짝 놀랐다. 돌아보니, 다정이가 일그러진 얼굴로 말했다.

"이거 말하면 우리 넷 중 범인이 있다고 의심할 거 아니야. 내신 평가에 다 영향을 줄 거야."

"으음. 근데 방법이 없잖아. 우리가 더 할 수 있는 게 없는데. 뭘 풀어서 어떻게 할 수도 없고……."

"신고하자."

"뭐?"

"경찰에 신고하자고. 애초에 도난 사건인데 우리끼리 풀어보려고 한 것 자체가 이상한 일이었어. 경찰에 신고해야지."

"아니, 그건……."

"범죄가 일어났는데 왜 신고를 안 하고 탐정 놀이를 하고 있냐구! 내가 신고할게. 우리가 먼저 신고해야 우리가 의심 안 받아."

이건 단순한 도난 사건은 아닌 거 같은데…….

"한 시간만! 한 시간만 더 찾아보고 신고하자. 경찰이 온다고 아이패드가 나오는 건 아니잖아?"

"어떻게 찾으려고?"

"이 단서가 있잖아. 1학년 1반 23번."

"그게 무슨 단서야? 23번 없다는 것 들었잖아. 그냥……."

"일단 한 시간만. 아직 시간 있잖아. 여태 두 개 찾았으니까 한 시간은 투자할 수 있잖아."

내가 이렇게까지 말하니, 다정이는 어쩔 수 없다는 듯 고개를 끄덕였다. 민희가 나서서 정리했다.

"그럼 제비뽑기 준비라도 해놓자. 아직 다른 상품은 있잖아. 새록이 네가 문제 잘 푸니까 알아보고, 우린 제비뽑기 준비할 게."

"그래. 알았어."

교실로 향하는 세 친구의 모습에서 찜찜함이 느껴진다. 뭔가 있는 것 같은데. 뭐지, 도대체?

"그나저나, 1학년 1반에는 왜 23번이 없지?"

나는 혹시나 해서 후배에게 물었다.

"누구 전학 갔다거나 그런 거 없어?"

"아니요. 처음부터 22번까지였어요."

"그래……. 고마워."

1학년 1반 교실을 떠난 나는 운동장의 벤치에 앉았다. 학교는 축제의 열기로 시끌벅적했다. 모두 즐겁구나. 이런 즐거운 학교에 경찰차가 출동하면 어떻게 되지.

"으, 문제를 풀자!"

이번에는 왜 애너그램이 아닐까? 'ㅁㅁㅁ'이 세 가지 빈칸이 의미하는 건 뭐지? 혹시 껌, 물, 침을 합한 걸까? 껌과 물과 침을 애너그램으로 만들면 답이 나올까?

['ㄲ', 'ㅓ', 'ㅁ', 'ㅁ', 'ㅜ', 'ㄹ', 'ㅊ', 'ㅣ', 'ㅁ']

뭔가 나올까? 꿈? 철? 아무리 조합해도 뭐가 나올 것 같지가 않은데…….

"새록아! 혼자 뭐해?"

"응?"

처박고 있던 고개를 들어보니 아이스크림을 손에 든 보영이가 있었다.

"축젠데 혼자 뭐 해, 너?"

"어어. 그게, 좀 할 게 있어서. 넌 제대로 축제 즐기고 있는 것 같다?"

"응. 우리 반 아이스크림 되게 맛있어. 아 참, 너희 반에서 너 보물찾기인가 한다고 하지 않았어?"

"그렇긴 한데……. 골치 아프게 됐다. 사정은 말하자면 길고, 이걸 풀어야 해."

나는 보영이에게 힌트 종이를 보여주었다. 종이를 본 보영이가 말했다.

"1학년 1반 23번? 나 작년에 학번이 1323이었는데."

"응? 아~ 맞아 작년에 우리 반은 스물네 명이었는……. 어라? 작년?"

작년? 작년에는 1학년 1반에 23번이 있었을까? 설마 작년이라고?

"고마워! 보영아!"

"엉? 뭐가?"

"아이스크림 꼭 먹으러 갈게!"

나는 뛰었다. 작년의 1학년 1번 23번이 누구지! 누구한테 물어보면 알지? 작년에 1학년 1반이었던 친구가, 아!

"쌤!"

복도에서 담임 쌤을 발견한 나는 달려가서 물었다.

"쌤! 작년에 1학년 1반에 누구누구 있었는지 알 수 있을까요?"

"응? 1학년 1반? 그건 왜?"

"그게, 아이패드 찾는 데 꼭 필요해서요!"

쌤은 이상하다는 얼굴로 내게 말했다.

"그걸 근데 왜 내게 물어? 민희, 다정이, 유나가 1학년 1반이었잖아."

"네?"

셋이 1학년 1반이었다고······?

◇◇◇

문을 열고 들어간 교실 안에는 민희 다정이 유나가 한 자리에 모여앉아 추첨 쪽지를 만들고 있었다. 곧장 그들에게로 걸어간 나는 물었다.

"너희 1학년 때 1반이었다면서? 작년 1학년 1반 23번이 누구였어?"

그 순간, 세 친구의 안색이 변했다. 나는 다시 한번 더 단호하게 물었다.

"작년에 1학년 1반 23번이 누구였는데? 너희는 알 거 아니야."

셋은 약속이라도 한 것처럼 입도 뻥긋하지 못했다. 내 목소리는 더 커졌다.

"1학년 1반 23번 말이야. 그게 누구였냐니까?"

그 순간, 그들이 아닌 주변에서 대답이 들려왔다.

"1학년 1반 23번이면 김빛나 아닌가? 개 갑자기 전학 갔잖아."

"김빛나?"

그 이름 석 자에 흠칫 놀라는 세 친구의 모습이 보였다. 저것과 똑같은 표정을 오늘 이미 봤었다. 그 종이를 확인할 때 나왔던 표정이다.

'이 문제는 민희가 풀었지?'

순식간에 머릿속으로 파노라마처럼 모든 게 정리되었다. 나는 셋에게 물었다.

"다정아, 머리에 쓰는 게 왜 껌이야? 유나야, 변기 위에 앉으면 떨어지는 게 왜 물이야? 민희야, 급식판에서 맛볼 수 있는 게 왜 침이야?"

셋은 이름이 불릴 때마다 새하얗게 질려 부들부들 떨었다.

"경찰차다!"

창가에 붙은 친구의 외침에 나는 놀라 고개를 돌렸다. 설마? 황급히 다정이를 돌아보니, 내 시선을 급히 피했다.

"신고했구나. 그래. 나는 왜 껌이고 왜 물이고 왜 침인지 모르거든. 근데 너희는 알잖아? 경찰이 오면 꼭 말해줬으면 좋겠네."

셋은 고개를 숙인 채 아무런 말도 하지 못했다.

◈◈◈

어머~. 경찰관님, 정말이라니까요. 걔들이 얼마나 예쁘고 착하기로 유명한 애들인데요~. 담임인 제가 제일 잘 알죠. 암요, 담임인 제가 가장 잘 알 수밖에요. 그 아이들은 1학년 때부터 제가 담임이었다니까요?

그러니까 아주 잘 알아요. 하나하나, 모두 다…….

귀문 고등학교,
수상한 축제

초판 발행 2021년 11월 15일

초판 5쇄 2023년 05월 10일

저자   정명섭, 정해연, 조영주, 전건우, 김동식

발행인   이진곤

발행처   블랙홀

출판등록 제 25100-2015-000077호(2015년 10월 26일)

주소   경기도 파주시 문발로 405 제2출판단지 활자마을

전화   02-338-0092

팩스   02-338-0097

홈페이지 www.seentalk.co.kr

E-mail   seentalk@naver.com

ISBN   979-11-88974-53-5 44800

             979-11-956569-0-5 (세트)

블랙홀은 **씨엔톡**의 자매 회사입니다.